古典詩歌研究彙刊

第四輯

龔鵬程 主編

第 13 冊

宋代詩話的格律論研究

劉萬青 著

國家圖書館出版品預行編目資料

宋代詩話的格律論研究／劉萬青 著 — 初版 — 台北縣永和市：
花木蘭文化出版社，2008〔民97〕

目 2+166 面；17×24 公分
（古典詩歌研究彙刊 第四輯；第 13 冊）

ISBN 978-986-6657-43-6（精裝）
1. 宋詩 2. 格律 3. 詩評

821.85   97012138

ISBN - 978-986-6657-43-6

9 789866 657436

古典詩歌研究彙刊
第四輯 第十三冊   ISBN：978-986-6657-43-6

宋代詩話的格律論研究

作　　者　劉萬青
主　　編　龔鵬程
總 編 輯　杜潔祥
出　　版　花木蘭文化出版社
發 行 所　花木蘭文化出版社
發 行 人　高小娟
聯絡地址　台北縣永和市中正路五九五號七樓之三
　　　　　電話：02-2923-1455／傳眞：02-2923-1452
電子信箱　sut81518@ms59.hinet.net
初　　版　2008 年 9 月
定　　價　第四輯 20 冊（精裝）新台幣 28,000 元

宋代詩話的格律論研究

劉萬青 著

作者簡介

劉萬青，1966 年出生於台中縣。逢甲大學中國文學研究所碩士、博士候選人，曾於清水嘉陽高中擔任國文教師，目前擔任桃園清雲科技大學通識教育中心專任講師，並負責該校卓越計畫之「提升閱讀與寫作」主持人。學術研究方向為中國古典詩詞、詩律、唐、宋詩學理論、詩話研究、中國古典戲劇等。

提　　要

　　格律詩萌於南朝，在唐代大盛，成為唐文學的代表，後人論詩格，亦多舉唐人詩作為例，但是，唐代的格律觀，是否在歲月的流逝中，仍然矗立不變？一直居主導的地位？其實，格律詩雖是唐代的產物，但是，在明、清時代，宋詩一直是文人拿來和唐詩抗衡的對象，使這兩代的文壇，一直形成擁唐派與擁宋派兩大主流，那麼，宋詩又是什麼樣的情形呢？格律詩到了宋代，有什麼樣的傳承與發展，對於後代的格律觀是否有影響，這是目前極少人注意到的問題，也是本文所欲釐清的重點。

　　本文以詩律中的三個要件：聲律、韻律及對仗為主要論述重心，以宋詩話中的資料作為依據，將儘可能搜集到的一百八十三種宋代詩話 作一全面檢索，把有關格律的資料逐一挑出，並予分類 ，依論抑揚之美──聲律（第二章）、論迴環之美──韻律（第三章）、論形式之美──對仗（第四章）及結論（第五章）等部分來討論。

目次

第一章　緒　論

　　中國的詩歌，向來是中國文學中的代表，從最早的《詩經》開始，其便成為文人抒情寫志的最佳表現方式，歷代以來，詩歌不論在質與量上，都有相當令人激賞、讚歎的表現。尤其是南朝梁沈約提出所謂的「聲律說」，把聲律帶入其中，啓發了「格律詩」的創作，此後，律詩，便成為詩歌中不可或缺的重要角色。而詩律的探討，也就成了歷代詩人論詩必備的一環。

　　格律詩萌於南朝，在唐代大盛，成為唐文學的代表，後人論詩格，亦多舉唐人詩作爲例，但是，唐代的格律觀，是否在歲月的流逝中，仍然迄立不變？一直居主導的地位？其實，格律詩雖是唐代的產物，但是，在明、清時代，宋詩一直是文人拿來和唐詩抗衡的對象，使這兩代的文壇，一直形成擁唐派與擁宋派兩大主流，那麼，宋詩又是什麼樣的情形呢？格律詩到了宋代，有什麼樣的傳承與發展，對於後代的格律觀是否有影響，這是目前極少人注意到的問題，也是本文所欲釐清的重點。

　　想要明白宋人對於近體詩律的主張，最好的方法就是從宋人的詩論中去探討，「詩話」是起自宋代的一種文學創作，其內容包羅萬象，對於詩的評論更是豐富，因此，本文便以宋代詩話爲研究的對象，將詩話中有關詩律的內容逐條析出後，再加以歸類、析論，希望藉此建

構出宋人格律論之大觀，並與明清所論相互參照，以進一步明白詩歌格律的演變。

一、宋代詩話的產生與發展

　　要瞭解宋詩的發展，以及詩律觀，必須從宋人的詩論中去探尋，而宋代詩話，就是一個很好的素材。近人郭紹虞於《清詩話》前言云：

　　　　詩話之體，顧名思義，應當是一種有關詩的理論的著作。〔註1〕

今人蔡鎮楚先生《中國詩話史》亦言：

　　　　何謂詩話呢？詩話，是中國古代一種獨特的論詩體裁。〔註2〕

劉德重與張寅彭合著的《詩話概說》，開宗明義即言：

　　　　詩話是我國古代詩歌理論批評特有的一種形式，在宋以後
　　　　的文學理論批評史上占有重要地位。〔註3〕

　　「詩話」是宋代文學中一個特殊的文體。這個名詞最早見於歐陽修所著之《六一詩話》，然而，其作用如歐陽修在序所云，是：

　　　　居士退居汝陽，而集以資閑談也。〔註4〕

稍後司馬光作《續詩話》也是承襲這樣的心態，以一種寬鬆、自由、活潑、生動，具多功能機制而不居一格的形式寫作。作者可隨興所至、信筆卷書地紀錄詩歌創作本事軼聞，敘說詩人創作經驗心得，對詩篇、句眼、字眼進行鑑賞評說，也可作精深的理論探討，而且，常常置上述諸端於一爐，深入淺出，情景交融，在娓娓閑話中隱耀思想閃光。

　　「詩話」的名稱雖然起自宋代，但是其本源卻較定名早。根據整理，可分爲三種說法：

　　1. 章學誠：清、章學誠《文史通義・詩話》：

　　　　詩話之源，本於鍾嶸《詩品》。

　　2. 羅根澤：依羅根澤《中國文學批評史》第五篇提出「詩話本

〔註1〕見丁福保輯：《清詩話》，木鐸出版，郭紹虞前言。
〔註2〕見蔡鎮楚：《中國詩話史》，湖南文藝出版社，頁5。
〔註3〕見劉德重、張寅彭：《詩話概說》，學海出版，頁1。
〔註4〕見歐陽修：《歷代詩話・六一詩話》，頁5。

出於本事詩」之說，而本事詩則又出於筆記小說。

3. 郭紹虞：郭紹虞在《宋詩話輯佚‧1978年序》云：

> 詩話之稱，當始於歐陽修；詩話之體，也創自歐陽修。

所以詩話之體原同隨筆一樣，論事則泛述見聞，論辭則雜舉雋語，不過沒有說部之荒誕與筆記之冗雜而已。因此，僅僅論詩及辭者，詩格、詩法之屬是也；僅僅論詩及事者，詩序、本事詩之屬是也。詩話中間，則論詩可以及辭，也可以及事；而且更可以辭中及事，事中及辭。這是宋人詩話與唐人論詩之著的分別。

其實，在歐陽修以前，唐宋之際，民間已有「詩話」之名，如民間說話《大唐三藏取經詩話》之類。不過，王國維《大唐三藏取經詩話‧跋》明確指出：

> 此書與《五代平話》、《京本小說》及《宣和遺事》，體例略同，…亦後世小說分章回之祖。其稱詩話，非唐宋士夫所謂詩話，以其中有詩有話，故得此名；其有詞者，則謂之詞話。…所謂說話之一種也。

可見《取經詩話》是小說，與本文所稱「詩話」名同而實異。不過我們如果從產生詩話的背景橫向聯繫看，民間說話之「話」，是故事；文士詩話之「話」，也一樣是故事；二者所不同的，只是所說的客觀對象不同而已。

（一）宋代詩話的分期

作為一種新興的論詩專著形式，宋詩話一誕生，就以驚人的速度發展。它的首創者歐陽修是北宋詩文革新運動的倡導者，領袖登高一呼，底下群從響應，很快就出現詩話創作熱潮。司馬光《溫公續詩話》：

> 《詩話》〔註5〕尚有遺者。歐陽公文章名聲雖不可及，然記事一也，故敢續書之。〔註6〕

此後劉攽作《中山詩話》、魏泰有《臨漢隱居詩話》…，南渡以後詩

〔註 5〕此指歐陽修《六一詩話》。

〔註 6〕見司馬光著，何文煥輯：《歷代詩話‧溫公續詩話》，頁163。

話之作如林。如清息翁《蘭叢詩話序》稱：

　　詩之有話，自趙宋始，幾於家有一書。〔註7〕

於此可見宋詩話聲勢之盛。據羅根澤《中國文學批評史》第三冊附錄〈兩宋詩話年代存佚殘輯表〉，今存本五十一種，輯本三十四，殘本十四，已佚二十二，未詳四，共一百二十五種。郭紹虞所著《宋詩話考》〔註8〕和《宋詩話輯佚》〔註9〕，共收錄一百三十九種之多：其中現尚流傳本四十二種，部份流傳或他人纂輯之書有四十六種，至於已佚或雖有佚文未及輯者有五十一種。可見其數量之豐。

　　宋詩話的發展，大致可分爲三個階段：一是北宋中葉的創始誕生期，二是兩宋之際的過渡轉化期，三是南宋中晚的發展成熟期。大略論述如下：

1. 北宋中葉的創始誕生期

　　北宋詩話創作無疑地以創始之《六一詩話》爲最主要，雖其自謂是爲了「集以資閑談」，但其內容仍是以談論詩人或與詩相關之事，實爲詩人論詩開一方便法門。《六一詩話》寫於熙寧四年，爲作者晚年最後之筆，此書自有其命意布局，體例雖是隨筆，但論詩態度卻是端正嚴肅，非僅談資口實而已。

　　歐陽修在《六一詩話》所闡述的理念有：

（1）詩作「窮而後工」，強調詩歌是生活的反應，和心靈的寫照。

（2）對詩歌藝術審美規律的探索，重在自然平淡，意新語工的意境創造。

（3）在具體的詩歌批評和審美鑑賞方面，主張通過作品藝的比較研究，提倡藝術風格的多樣性，要求詩人寫出自己的個性特色。

〔註7〕見清，方世舉：《清詩話續編·蘭叢詩話》序，息翁序。
〔註8〕中華書局 1979 年版。
〔註9〕中華書局 1980 年版。

此外，北宋重要的詩話尚有司馬光《續詩話》、劉攽《中山詩話》等。《續詩話》雖多承《六一詩話》餘緒，但也頗有些自己的論見；而《中山詩話》雖不脫「閑談」的性質，但多涉考證，極具參考價值。

2. 兩宋之際的過渡轉化期

這是宋詩話蓬勃發展的第二階段，它在保留詩話基本特點的基礎上，從形式、品類到作品的外在和內涵，都發生了變化：

（1）作者隊伍迅速擴大：文壇名流、騷人雅士，都投入詩話的創作，使得創作隊伍迅速擴大，此期詩話的作者，主要是北宋末期的文人，而南宋初期的作者，也受到北宋文壇流風餘緒的沾溉，表現了南北宋交匯的特色。

（2）隨筆「閑談」、意趣橫生的記事風姿雖不少減，但在有意與無意間，理論專注的目光已逐漸加強，由前一階段的「論詩及事」為主，逐漸向「論詩及辭」的方向邁進。

（3）這一階段主要理論特色為：

甲、詩話的主要內容，多數圍繞業已形成的宋詩道路及江西詩派的詩論展開理論爭辯。

乙、詩話匯編著作應運而生；有摘抄性質之作，如《唐宋名賢詩話》、《古今詩話》等，此二書又是無名作家之代表作；有以詩話性質分類抄輯彙編，如《詩事》、何汶《竹莊詩話》、尤袤《敘事詩話》等；並出現了大型的綜合性質的詩話總集，如阮閱《詩話總龜》、胡仔《苕溪漁隱叢話》及計有功《唐詩紀事》等。

3. 南宋中晚的發展成熟期

宋詩話發展的第三階段，把詩話的寫作推到了成熟期，成為宋詩話的總結。當時的政局影響了文人的心態，南宋初期的詩話家，主要重視思想氣節方面，以此來批判江西詩派後學那脫離現實的傾向。至

南宋中晚期，一般士人偏安江南，安于現狀，奢靡成風，無志恢復，因此詩人的創作較少諷諭比興，而多著眼於藝術形式的變化。其特色貢獻如下：

(1) 資料整理匯編結集工作的繼續開拓。分爲專家詩話與總集，專家詩話者如方深道《集諸家老杜詩評》；總集如魏慶之《詩人玉屑》等，詩話著述匯輯成集的工作，由小及大，由粗而精，其運行軌跡明顯可見，不僅在古代詩話材料的搜集、考辨、比較和整理等方面，保存了許多寶貴的歷史文獻，且從不同的角度，努力促進人們對詩歌創作的重視，並進行多方位多層次的理論思考。

(2) 從理論的開拓精神看，成熟期的優秀詩話，成績斐然，表現出承上啓下、總結一代的理論思考。對于宋詩發展道路及江西詩風的理論思考，既有批評與檢討，又有汲取與綜合，與前面二階段相較，研究趨于客觀而全面。

(3) 最後，在猛烈批評江西詩派的同時，表現出集結一代、啓迪後世的理論氣魄，建立自己的系統詩論的熱情追求，終於完成了由零散的直覺妙悟的「閑談」式詩話，向具有完整理論體系的詩話著作形式的轉化，質的飛躍宣告了宋詩話發展的成熟。如嚴羽《滄浪詩話》即爲代表。

由於宋人建立了「詩話」的體製，後人承此，詩話論詩的風氣一直到清代都仍盛行，也因爲詩話的產生，使得許多歷代的詩法、詩事得以保存下來，這可說是宋人在詩學上的一大貢獻。

二、研究方法與目的

本文以詩律中的三個要件：聲律、韻律及對仗爲主要論述重心，以宋詩話中的資料作爲依據，將儘可能搜集到的一百八十三種宋代詩話〔註10〕作一全面檢索，把有關格律的資料逐一挑出，並予分類〔註11〕，

〔註10〕見參考書目一。

依論抑揚之美－聲律（第二章）、論迴環之美－韻律（第三章）、論形式之美－對仗（第四章）〔註12〕及結論（第五章）等部分來討論。

　　在每章的論述部分，皆從詩律的產生和作用開始說明（第一節），再以列入詩話中的唐代詩論來探討唐代的格律論（第二節），接著論述本文的重點（宋代的格律論），將宋詩話中所提到有關聲律、韻律、對仗等部分，皆作個全面性的研討（第三節），最後藉由詩話中的唐代格律論與宋代格律論作歸納式的檢討，以看出唐、宋間詩律的傳承與變化，然後再將宋代詩話和明清詩話中的格律論作一比較，希望在釐清宋詩話格律論的同時，也能明白詩律的流變（第四、五節）。

〔註11〕見附錄資料索引。
〔註12〕第二、三、四之標題皆引自王力〈略論語言形式美〉一文。收錄在《王力文集‧第十九卷‧文學語言》，山東教育出版，頁 305～330。

第二章　論抑揚之美──聲律

　　詩，是中國文學中韻文的代表，韻文講求的是聲調的和諧與返復。聲調和諧，靠的是字與字間的平仄協調；音韻返復，則是指句和句間的韻律重疊。本章首先討論字與字間的聲調問題，有關韻律的部分，則留待下章在述。

　　說到詩的聲律，指的自然是字的平仄。那麼，什麼是平聲？什麼是仄聲呢？一般人大多解釋為：國語中的一、二聲是平聲；三、四聲是仄聲。這樣的區分方法，雖然有助於現代人學習詩作，但是，與真實的狀況仍有些出入。而且，我們知道，古體詩並無所謂的「平仄譜」，近體詩卻有，這種不同是如何形成的呢？中國的聲韻觀念雖起自六朝，但韻書的發達卻在宋代達巔峰，這樣的發展對宋代詩人在聲律上的影響，是否造成與前人不同的觀念？以上種種，皆是本人討論的重點，分述如下。

第一節　聲律的起源與發展

　　這節主要是敘述詩與音樂的關係，並從詩律的產生和發展看聲律由自然而至人為的演變，以歸納出古人對聲律的要求，進而與下節宋人詩話中的聲律觀作比較。

一、詩與音樂

《詩大序》曰「情動於中，而形於言，言之不足，故嗟歎之；嗟歎之不足，故永歌之；永歌之不足。不知手之舞之，足之蹈之也。」鍾嶸《詩品・序》亦曰：「氣之動物，物之感人，故搖蕩性情，形諸舞詠」。《詩三百篇》、《九歌》、《大風》由此產生。詩歌的作用在表達人的心情思緒，以感動萬物。既然把「詩」與「歌」二者合稱，則可知早期的詩是離不開音樂的。詩具音樂性，則自然講究「節奏」。

中國文字的最大特點是一字一音，因此容易造成整齊的形式，齊言也正是我國詩歌最大的特點之一。然而不同的言數，不僅可以形成不同的節奏感，也可因聲情的配合，帶給人不同的感受。

「詩」是人們表達心中情感、意念的自然創作，大多是隨口吟詠，因此，其所形成的節奏、旋律，也都是出於自然的，劉勰《文心雕龍・聲律》云：

> 夫音律所始，本於人聲者也。聲含宮商，肇自血氣，先王因之，以制樂歌，故知器寫人聲，聲非學器者也。故言語者，文章關鍵，神明樞機，吐納律，脣吻而已。〔註1〕

這就是說，最早的音律觀是本於自然，是由於人心中的情思，經由自然的感受而發出的「原音」。如《禮・樂記》：「凡音之起，由人心生也」即說明了音樂跟情志的關係。古代的先王因之以制樂寫歌。而文章，不論是抒情或寫志的，主要皆是在傳達作者個人的思想情感予讀者，雖然是經由文字來表現，但，這文字透過讀者的誦讀後，也就形成語言，所以，字音傳達所形成的意念，與作者所要表達的是否一致，便是個重要的課題：聲音暢通，則文采鮮明，文氣活潑；聲音蹇塞，則詰屈聱牙，難以理解，因此，文章也要注意聲律的節奏。

我國目前所見最早的詩作代表是《詩經》。而《詩經》可以說是一部中國最早的歌本，其所收錄的作品分成三部份；一是各地的民間

〔註1〕見梁・劉勰著，周振甫注：《文心雕龍註釋・聲律第三十三》，里仁書局出版，83年7月15日再版，頁527。

歌謠，即是十五國風；二是朝廷樂歌，即大雅、小雅；三是祭神的舞樂，也就是頌。這三種作品，不論是採自民間，抑或是貴族創作，都是可以唱的，皆和音樂脫離不了關連。接下來的詩作，亦都沿襲這個特性，如漢代的樂府，亦是具有音樂性的歌謠。

這個風氣，沿至唐朝，雖然，唐代盛行的是講求格律的「近體詩」，但是，從王昌齡等人旗亭畫壁的故事，仍可看出，唐代的近體詩，也是以歌詠爲主的。

既然歷代的詩都與音樂脫離不了關係，那麼音樂中注意重聲調和諧的特性，就自然也可在詩中求得。只是早期的詩人寫詩時，因爲當時雖然已有四聲的觀念，卻無韻書作爲準則，聲律的和諧與否，只能訴諸口耳來判斷，即所謂：

> 良由外聽易爲察，而內聽難爲聰也。故外聽之易，弦以手
> 定；內聽之難，聲與心紛：可以數求，難以辭逐。〔註2〕

音樂的和諧可以藉由技巧來達成，而抽象的情感，要利用語言文字來做一完整的表達，並求律調和諧，有時是比較困難的。因爲中國幅圓廣大，各地的方言並不相同，用江南的語言來詮釋北地的作品，在節奏上也有很大的差異，不容易達到詩所追求的「聲情合一」之境界，這樣的困境在六朝時代有了改變。

二、詩律的形成

六朝時，因爲佛經轉譯需要，而產生了所謂的「反切」，促成韻書的產生。在「反切」發明以前，古人注字，大多以「讀若某」、或是「與某同音」爲注，這樣的方法非常不好，因爲若是遇上被注字與注字皆不認識，就無法辨讀，且，有些僻字找不到同音字爲注，也會令人無法明白其讀音，所以，「反切」的發明，不只是在聲韻學上有貢獻，更是中國語言發展史上的一大里程碑。

其實，早期的文人雖無韻書可作爲依據，但是，對於聲調的長短、

〔註2〕同註1。

快慢，音之升降、強弱，仍然是能加以區分的，如《左傳》云：

> 晏子曰：和與同異，和如羹焉。聲亦如味，清濁、大小、
> 短長、疾徐、哀樂、剛柔、遲速、高下、出入、風疏以相
> 濟也。若琴瑟之專一，誰能聽之！同之不可也如是。

又《宋書・謝靈運傳》曰：

> 五色相宣，八音協暢，玄黃律呂，各適物宜。故使宮羽相
> 變，低昂舛節，若前有浮聲，則後須切響。一簡之內，音
> 韻盡；兩句之中，輕重悉異。妙達此旨，始可言文。

以上這些不同時代的文人，所傳達出的統一概念是：在詩歌的運用中，必須要注意到不同聲調的字協調地運用，以使文章達到「八音協暢」的目標。否則就像彈奏琴瑟時，若只用單一的平仄，則誰能明白音樂所欲傳達的情境？而且，誰又能夠聽得下去呢？

　　韻書產生後，詩人有了聲韻的依據，在聲律協調的主張上，也就劃分得更周詳，如劉勰《文心雕龍》曰：

> 凡聲有飛沈，響有雙疊，雙聲隔字而每舛，疊韻離句而必睽；
> 沈則響發而斷，聲則聲揚不還：並轆轤交往，逆鱗相比，迕
> 其際會，則往蹇來連，其為疾病，亦文家之吃也。〔註3〕

從這段話可以看出，當時的文人已有了雙聲疊韻的概念，對於其運用也有了一些主張，認為雙聲的字，如彷彿、蕭瑟、流連等，都是兩字連用的，若中間摻入別的字，音節就不順了。而疊韻的字，像徘徊、徬徨、窈窕等，亦是兩字相連的，要是將它們分開了，音節也不順暢。但是，當時對於四聲，雖有概念，卻仍無固定的指稱，僅只能將其分為飛與沈二大類。

　　在飛、沈兩種聲調的運用上，必須要注意其協調，若是一句都用聲沈的字，聲調便抑而不揚，好像聲要斷了，無法接續；相反地，若一句都用揚聲字，聲音就會飛揚出去而不能回環。這兩種方式都是不好的。正確的使用應該要飛和沈上下相和，密切銜接，就如同井上的

〔註3〕同註1。

轆轤上下圓轉。如果違反了這個規律，就會造成發音的困難，使文句唸起來疙疙瘩瘩，像口吃一樣，自然也就無法感動人心了。

那麼，飛、沈二聲要如何安排才能使其上下相和、密切銜接呢？六朝時詩律尚屬初萌階段，並無固定的格式可依循，因此，劉勰云：

> 將欲解結，務在剛斷，左礙而尋右，末滯而討前，則聲轉於吻，玲玲如振玉；辭靡於耳，累累如貫珠矣。是以聲畫妍蚩，寄在吟詠，滋味流於下句，氣力窮於和韻。異音相從謂之和，同聲相應謂之韻。韻氣一定，故餘聲易遣；和體抑揚，故遺響難契。〔註4〕

這段話的意思即是說，音節的安排，必須從全面去做考量，務必求其聽起來順耳，使文辭如珠玉般圓潤。而文章的好壞，與音韻有關，音韻的美，就得歸於造句。如何安頓字句，在六朝詩格未定，所以劉勰認為押韻有韻書可為依據，故較容易，但，聲律要講究抑揚調配，就比較難以契合。其中「異音相從」，指的就是抑揚交錯使用。

第二節　近體詩的聲律

到了唐代，詩人們對於聲律的掌握趨於純熟，四聲也有了指稱，對聲調的特性也有相當的認識，如唐・釋處忠《元和譜》曰：

> 平聲哀而安，上聲厲而舉，去聲清而遠，入聲直而促。

此四聲分為平、上、去、入四種，其中平聲即是平聲，而上、去、入則合稱為仄聲（或稱側聲）。除此之外，詩格在唐代也已確立，對於詩中字句的安排也就不再如六朝時僅以「異音相從」之語含糊帶過。以下我將以唐代的著作中有關聲律的討論，加以分類、整理後，分為「聲律法則」及「聲律忌諱」二者，加以論述如下：

一、聲律法則

在到唐留學的日僧弘法大師所著的《文鏡秘府論》中，將詩中有

〔註 4〕同註 1，頁 528。

關聲律法則的部份分成「調四聲譜」、「調聲」、「用聲法式」和「八種韻」、「四聲論」等五個項目來論述。其中「調四聲譜」和「四聲論」，是偏重於聲韻學的範疇，而「八種韻」是屬於押韻的範圍，都非本章的討論重點，故在此不敘論。只是由其名稱，我們可知，在唐代時，文人對於聲韻的觀念已非常完善，並可運用自如了。

這裏所說的聲律法則，是從《文鏡秘府論》中所述的「調聲」與「用聲法式」二者，配合當代其他文人的相關論述，來探知唐代的聲律格式，以便和宋人作一比較。

（一）調　聲

調聲部份可分為調聲的原則、種類、方法等三方面論述：

1. 調聲的原則

《文鏡秘府論·調聲》首曰：

> 或曰：凡四十字詩，十字一管，即生其意。頭邊二十字，一管亦得。六十、七十、百字詩，二十字一管，即生其意。
> 〔註5〕

這裡所說的「十字一管」，指的是五言律詩，以十個字敘一完整的意思，意與王昌齡《詩格》云：「詩有六式，六曰一管摶意」〔註6〕之意同。「一管」即一組也。另外如六十字詩（即五言十二句）、七十字詩（即五言十四句），甚至百字詩（即五言二十句），亦是以四句為一基本單位。而這四句二十個字的平仄律該如何安排呢？《文鏡秘府論》中，接著又說：

> 律調其言，言無相妨，以字輕重清濁間之須穩。至如有輕重者，有輕中重，重中輕，當韻即見。且莊字全輕，霜字輕中重，瘡字重中輕，床字全重，清字全輕，青字全濁。詩上句第二字重中輕，不與下句第二字同聲為一管。上句

〔註5〕見《文鏡秘府論校注》頁35。

〔註6〕見王昌齡著，清·顧龍振編輯：《詩學指南·詩格》，廣文書局印行，頁90。

平聲，下句上去入；上句上去入，下句平聲。以次平聲，
以次又上去入；以次上去入，以次又平聲。如此輪迴用之，
直至於尾。兩管頭上去入相近，是詩律也。〔註7〕

在這段話中，明確地傳達出幾個訊息：

（1）我們在分辨詩詞的差異時，時常會錯認爲詞律比詩嚴格，
因爲詞律不僅注重平仄，還將上去入細分，詩卻只分平仄而已。但是，
從上段話中，我們知道，詩在選字時，亦是將字分成輕重清濁等，每
個字的運用，是不容含糊的，如王昌齡《詩格》曰：

> 用字有數般；有輕，有重，有重中清，有輕中重，有雖重
> 濁可用者，有清輕不可用者，事須細律之。

（2）在詩中，第二字向來是律家所重，故對其字音亦有所限制。
這裏說「詩上句第二字重中輕，不與下句第二字同聲爲一管」。蓋詩
二句爲一聯，上句的第二字不可與下句的第二字同聲，即所謂的
「對」，即二句第二字的平仄須相反爲對。但是第三句的第二字卻與
第二句第二字的平仄相同。即若第二句的第二字是平聲，則第三句之
第二字必須也是平聲；若第二句的第二字是上去入，則第三句的第二
字也必須是上去入，這就是所謂的「黏」。然後，第四句之第二字再
與第三句的第二字平仄相反爲對。以此對、黏反複循環，直到詩結束。
即「上句平聲，下句上去入；上句上去入，下句平聲。以次平聲，以
次又上去入；以次上去入，以次又平聲。如此輪迴用之，直至於尾。
兩管頭上去入相近，是詩律也。」律詩就是這個黏與對的觀念組合成
詩律的格式。

2. 調聲的種類

在《文鏡秘府論》中，將調聲分爲「五言平頭正律勢尖頭」、「齊
梁調詩」與「七言尖頭律」三種：

（1）五言平頭正律勢尖頭：以皇甫冉〈獨孤中丞筵部餞韋使君
赴昇州〉詩爲例：

〔註7〕同註5。

中司龍節貴，上客虎符新。平平平仄仄，仄仄仄平平。
地控吳襟帶，才光漢縉紳。仄仄平平仄，平平仄仄平。
泛舟應度臘，入境便行春。平平平仄仄，仄仄仄平平。
何處歌來暮，長江建鄴人。仄仄平平仄，平平仄仄平。

在王利器先生校注之《文鏡秘府論校注》一書中解釋說：

> 平頭者，句首第二字為平聲也。尖頭律者，五七言律詩首句
> 末字，不與本韻相連，為上去入聲，且第一管起首二句即為
> 對偶者也。頭句不用韻，且為側聲，故曰尖頭律也。〔註8〕

由上段話知，所謂「五言平頭正律勢尖頭」即是指首句第二字平聲，
且首句不入韻，第一聯即對偶者為是。《文鏡秘府論》中稱這種詩是
「正勢」，也就是我們現在所謂的「正格」。此詩的平仄皆由「平平平
仄仄、仄仄仄平平、仄仄平平仄、平平仄仄平」四種句子組合而成，
其排列的方式，則以如上段所言的「對」與「黏」二者為依循，這樣
的方式，也完全符合現在的律詩方式。

（2）齊梁調詩：以張謂〈題故人別業〉詩為例：〔註9〕

平子歸田處，園林接汝墳。平仄平平仄，平平仄仄平。
落花開戶入，啼鳥隔窗聞。平平平仄仄，平仄仄平平。
池淨流春水，山明斂霽雲。平仄平平仄，平平仄仄平。
晝遊仍不厭，乘月夜尋君。仄平平仄仄，平仄仄平平。

齊梁時代是近體詩的初萌時期，從上面這首詩的平仄中，我們可以發
現，其句子的組成依然平仄間雜，也大多符合「對」與「黏」的規律，
但是，仍有其不夠嚴謹之處：第四句的第二字是上聲（鳥），第五句第
二字雖亦是仄聲，卻是去聲（淨）。這就不符合所謂的「同上去入」之
原則，且第二句和第三句文意不相連，亦皆是「失黏」的一種。因為
當時的詩格尚未完全建立，所以仍會產生這種情形，這都不算是律詩。

〔註8〕見弘法大師原著，王利器校注：《文鏡秘府論校注》，頁41，註1。
〔註9〕許清雲《近體詩創作理論》曰，張渭〈題故人別業〉詩，黏對合律，
　　　並非齊梁調詩，按律應歸在「五言側頭正律勢尖頭」詩例內。言其
　　　為齊梁調詩，應是誤值。見許清雲《近體詩創作理論》，洪葉文化印
　　　行，頁128。

（3）七言尖頭律：以皇甫冉〈秋日東郊作〉詩爲例：

閑看秋水心無染，高臥寒林手自栽。

平仄平仄平平仄，平仄平平仄仄平。

盧阜高僧留偈別，茅山道士寄書來。

平仄平平平仄仄，平平仄仄仄平平。

燕知社日辭巢去，菊爲重陽冒雨開。

平平仄仄平平仄，仄仄平平仄仄平。

殘薄何時稱獻納，臨歧終日自遲回。

平仄平平平仄仄，平平平仄仄平平。

從上面這首七言詩的平仄譜中，我們可以發現，若每句詩中去掉上面二字，則整首詩的節奏與五言詩的組成相似。因此可知，七言詩的平仄，是由五言詩的平仄所衍申出來的。

3. 調聲之術

在《文鏡秘府論》中，亦說明了調聲的方法有三，即：換頭、護腰、相承。分述如下：

（1）**換頭**：《文鏡秘府論》中舉元兢〈蓬州野望〉詩爲例說明，其詩曰：

飄颻宕渠城，曠望蜀門隈。平平仄平平，仄仄仄平平。

水共三巴遠，山隨八陣開。仄仄平平仄，平平仄仄平。

橋形疑漢接，石勢似煙回。平平平仄仄，仄仄仄平平。

欲下他鄉淚，猿聲幾處催。仄仄平平仄，平平仄仄平。

此詩第一句頭兩字平，次句頭二字上去入；第三句頭兩字上去入，第四句頭兩字平；第五句頭兩字平，第六句頭兩字上去入；第七句頭兩字上去入，第八句頭兩字平：如此輪轉，自初以致終篇，名曰「雙換頭」。這是最佳的用法，若是有因文意而無法雙換頭者，另有一變通的方法，即只換每句的第二字，而首字則平聲無妨，這也是換頭，又稱「拈二」。但是，這樣的換頭，首字僅可平聲相同無妨，若是句頭第一字是上去入，則次句頭字不可用上去入，因爲如此則「聲不調也」。這樣的觀念和上面所述，第二字是律家重點有關，所以，一聯

的第二字其平仄必須是相反為對的，否則就失了對，也就違反了律詩組成的規律，所以《文鏡秘府論》說「可不慎歟？」

（2）護腰：腰，是指五字中的第三字；護者，是說上句的第三字不可與下句的第三字同聲。但是這個規定在第三字為上去入（即仄聲）時適用，若二句的第三字同為平聲則不妨。《文鏡秘府論》舉庾信〈詠懷〉詩為例云：

> 庾信詩曰：
> 誰言氣蓋代，晨起帳中歌。
> 「氣」是第三字，上句之腰也；「帳」亦是第三字，是下句
> 之腰；此為不調。宜護其腰，慎勿如此。〔註10〕

蓋因「氣」是去聲，「帳」亦是去聲，二者同上去入也。故《文鏡》認為此詩為「不調」。

其實，要求一聯詩中的第三字不同聲，亦是基於「偶」為近體詩的基本觀念，在一聯詩中，出句的二、四字，與對句的二、四字平仄必須相反；且一句之中，第二、四字的平仄亦不可同聲，而基於平仄是以「平平」或「仄仄」所組成的，若一句詩是以「仄仄平平仄」為首句，則第二句即為「平平仄仄平」，在一般合律的情況下，二句的第三字必不同聲，雖然有五言詩中第一、三字的平仄可因文意而變，但，一旦變更了平仄，就成了拗句，必須要靠自句或對句來救，否則就不合平仄了。

（3）相承：《文鏡秘府論》曰：

> 相承者，若上句五字之內，去上入字則多，面平聲極少者，
> 則下句用三平承之。三平之術，向上向下二途，其歸道一
> 也。

並分別列舉了謝靈運和王融詩說明「上承」與「下承」的方法：

> 三平向上承者，如謝康樂詩云：
> 溪壑斂暝色，雲霞收夕霏。（平仄仄仄仄，平平平仄平。）

〔註10〕見《文鏡秘府論校注》，頁62。

　　　　上句唯有「溪」一字是平，四字是去上入，故下句之上用
　　　　「雲霞收」三平承之，故曰上承也。
　　　　三平向下承者，如王中書詩曰：
　　　　待君竟不至，秋雁雙雙飛。（仄平仄仄仄，平仄平平平。）
　　　　上句唯有一字是平，四去上入，故下句末「雙雙飛」三平
　　　　承之，故曰三平向下承也。
由上面的敘述，我們可以發現，不論是護腰或是相承，其所主張的都
是在要求詩中的平仄要協調，避免過多的平聲或仄聲字產生，因為對
於唐人而言，仄聲的特性是「上聲厲而舉，去聲清而遠，入聲直而促。」
若詩句中放了太多的仄聲，會使整首詩變得過於厲促，不符合詩含蓄
蘊藉的特色。因此劉滔說：

　　　　凡用聲，用平聲最多。五言內非兩則三，此其常也。〔註11〕
但是，一首詩中，如果平聲字太多，則聲音會顯得太單調，因為平聲
只有一聲，而仄聲卻有上、去、入三聲，所以仄聲多應該尚不為大病，
但若平聲字太多，則必然缺乏抑揚頓挫之感。我們以《唐宋詩舉要》
中的律詩、長律及絕句為例，來觀察在唐人的作中，到底平聲與仄聲
何者為多？

平仄數 詩體	平聲較多	仄聲較多	平仄同	合　計
絕　句	76	43	82	201
律　詩	89	59	102	250
長　律	4	2	6	10
百分比	36.6%	22.5%	41.2%	461

　　　　從上面的詩例中，我們可以發現，近體詩律基本以平仄相當為
主，所以平聲和仄聲字不宜相差太多。而在四百六十二首五絕句、律
詩及長律中，平仄相等的有一百九十首，佔41%；仄聲字多也有一百
零四首，約佔23%；而平聲字多的有一百六十九首，佔37%，的確是

平聲字使用較多。

因為詩是在表達文人的情感、思想，而中國詩人對情緒的主張以含蘊、內斂為尚，所謂「溫柔敦厚」是詩之旨也。平聲與仄聲在音質和音調上是有很大的不同，如清代江永《音學辨微》中說：「平聲如擊鍾鼓，仄聲如擊木石。」雖然平聲和仄聲對情感的表達並非絕對，可是，一般而言，在歡愉的情感上，平聲是歡暢的，仄聲是歡快的、跳躍的；在悲傷的表現上，平聲是淒情，仄聲則較淒厲；在怨憤之情上，平聲是沉鬱、哀怨，仄聲則激憤悲壯。〔註12〕如此相較之下，就可知，雖然仄聲字有上去入三種選擇，但是，詩人仍較喜歡用平聲字來造成詩意的深遠綿長。

而且，《文鏡秘府論》中所舉以說明護腰和相承的詩例，都是六朝詩人的作品，因為六朝時的詩律尚未建立，故有許多不合規律的體例，若是唐代的詩作，則在寫作時即已能注意聲調的協調，較少有不合格的例子。

（二）詩章中用聲法式

《文鏡秘府論・詩章中用聲法式》曰：

> 凡上一字為一句，下二字為一句，或是二字為一句，下一字為一句。三言。上二字為一句，下三字為一句。五言。上四字為一句，下二字為一句。六言。上四字為一句，下三字為一句。七言。〔註13〕

這裏所說的「用聲法式」即是指平仄的聲調。在《文鏡秘府論》中，例舉了各種有關平仄的安排，其中包括：

1. 三言：一平聲二仄聲；二平聲一仄聲。
2. 四言：一平聲三仄聲；二平聲二仄聲；三平聲一仄聲。
3. 五言：一平聲四仄聲；二平聲三仄聲；三平聲二仄聲；四平聲一仄聲。

〔註12〕見葉桂桐《中國詩律學》，文津出版，87年1月一刷，頁319。
〔註13〕《文鏡秘府論校注》，頁67。

4. 六言：二平聲四仄聲；三平聲三仄聲；四平聲二仄聲；五平
   聲一仄聲。

5. 七言：二平聲五仄聲；三平聲四仄聲；四平聲三仄聲；五平
   聲二仄聲；六平聲一仄聲。

這五種用聲法式，屬於近體詩的只有五、七言部分，因為在近體詩中
運用六言寫作已是少數，而三、四言者更是不曾有。且在五、七言詩
中所用的平、仄格式，亦在「平平」、「仄仄」的原則下，以平仄相調
為原則，故《文鏡》所列的，應包含了律賦的用聲法式。

二、詩　病

　　所謂的「詩病」，即是指在近體詩中，為了求聲韻的鏗鏘，對於
字音的安排皆有一定的規範，如果不遵守這個規定，則犯了聲律的忌
諱，易造成詩句的不和諧，這就是「詩病」。

　　最早提出詩病的是沈約，按《詩苑類格》云：

　　沈約曰：「詩病有八：平頭，上尾，蜂腰，鶴膝，大韻，小
　　韻，旁鈕，正鈕。唯上尾、鶴膝最忌，餘病亦通。」

後有王昌齡《詩中密旨》承之曰：

　　詩有六病例：

　　一曰齟齬病：除第一字及第五字，其中三字同上聲及去入
　　聲也。平聲都不為累，若犯上聲，其病重於上尾；若犯去
　　入聲，其病重於鶴膝。上官儀所謂犯上聲是斬形也。

　　二曰長擸腰病：每一句上下兩句之腰，無解鏜相閒。上官
　　儀詩：「曙色隨行漏，早吹入繁笳。」

　　三曰長解鏜病：第一第二字義相連，第三第四字義相連。
　　上官儀詩：「池牖風月清，閒居遊客情。」

　　四曰叢雜病：上句有雲，下句有霞，次句有風，下句有月。
　　沈休文詩：「寒瓜方臥襲，秋菰正滿陂，紫茄紛爛熳，綠芋
　　鬱參差。」瓜菰茄芋同是草類，是叢雜也。

　　五曰形跡病：篇中勝句清詞，其意涉忌諱者是也。

　　六曰反語病：篇中正字是佳詞，反語則深累。鮑明遠詩：「伐

鼓早通晨」，伐鼓則正字，反語則反字。〔註14〕

　　沈約的「八病」之說，向來有各種解釋，但，無庸置疑的是，其內容皆與聲律有關。而《詩中密旨》中，除「齟齬病」是有關聲律的討論外，大多是指文意上的忌諱，非本文論述要點。而在唐代集詩病述要之大成者，仍然是弘法大師所著之《文鏡秘府論》。其中提出有關的詩病共有二十八種，除去與聲律無關者後，整理如下（皆以五言詩為例論）：

1. 一句之中不可同聲者

　　（1）**蜂腰**：指五言詩一句中，第二、第五字不得同聲；第二、第四字亦不得同聲。

　　第二、第五字同聲，則形成兩頭細，中央粗，形似蜂腰，這是應該避免的，但此病卻比不上第二與第四字同聲嚴重。因為在近體詩一聯中出句的首二字和對句的首二字不同聲稱為「對」之外，一句中第二字與第四字不同聲亦是稱「對」，近體詩的組合，即是藉由這兩種「對」循環而成的，如果第二字和第四字同聲，則會造成句中出現孤平或孤仄的現象，那就違反了近體詩「偶」的原則，所以不可不避。

　　（2）**正紐、傍紐**：是指五言詩中一句除故作雙聲之外，其他四字不論是從一字之紐得四聲，或從他字來會成雙聲，即皆為犯病，這是指雙聲字必須連用，如「踟躕」、「蕭瑟」、「流連」等，即不為病。且上句若安雙聲，則下句亦要以雙聲為對，否則仍犯了「支離病」。

　　（3）**齟齬病**：指一句中，除第一字與第五字外，其中三字有兩字相連同上去入者。在近體詩的四個基本組成平仄中，除了「仄仄平平仄」和「平平平仄仄」外，其餘的「平平仄仄平」與「仄仄仄平平」似乎都犯了這個病，其實，這個規定，《文鏡》說是「文人以為秘密，莫肯傳授。」可見，並非定論。其所強調的應是在仄聲中，儘量避免

〔註14〕見《詩學指南・詩中密旨》，頁91。

同上去入，以求聲律的更加活潑、多變而已。

2. 一聯中不得同聲者

（1）平頭：或一六之犯名「水渾病」。所謂的平頭，指的是五言詩中，第一字不得與第六字同聲，第二字不得與第七字同聲。

此說法與前所言之「調聲之術」的主張相同。「偶」是近體詩的基本觀念和平仄組合的構成要素，所以，一般詩的節奏亦是以兩字爲一單位，而近體詩是一種極度重視聲律協調的文體，其所講求的不僅是句中的平仄要和諧，句與句間的節奏，亦要求達到平衡，因此主張，若是上句中一、二字是平聲時，六、七字最好是以兩仄聲相協調。但是，過度的限制，有時是會造成詩人表情達意上的侷限，因此，唐詩聲律中，仍有變通性，所以，以第一、六字若是同平聲則無妨，若是同上去入則犯病；而二、七字則不論平上去入皆不可同聲。又《文鏡秘府論》引劉經善的《四聲指歸》云：

> 沈氏云：「第一、二字不宜與第六、七同聲。若能參差用之，則可矣。」

這是說：第一字與第七字同聲；第二與第六字同聲，如〈高宴〉詩「秋月照綠波，白雲隱星漢。」是沒關係的。但是，這就造成第一句的首二字是「平仄」，而第二句的首二字是「仄平」，雖未犯平頭，可是也不大符合詩中的「偶」的特性，因此，雖說無妨，但在唐人的近體詩中卻少見此種用法。

（2）上尾：又稱「土崩病」。是指五言詩中，除首句入韻的詩之外，第五字不可與第十字同聲。因爲第十字是第二句的末字，一般在韻文中，偶數句的尾字是韻腳的地方，所以奇數句的末字不可與其同聲，否則就成了逐句押韻，故不能不避。

另外，即使是韻腳處，即第二、四、六、八等句的末字，亦不能同聲，否則就犯了「隔句上尾」，或「踏發聲」之病。這裡所說的「同聲」並非指平仄論，因爲韻腳字必同韻，所以，此「聲」是指聲韻之「聲」，韻腳字又同聲，則可能成爲重韻，重韻是近體詩的忌諱，所

以必須加以限制。〔註15〕

　　（3）大韻、小韻：即除非是疊韻，否則皆應避免在一聯中使用同韻之字。這個規定的理由與雙聲字的使用原則相同。即不論是雙聲或疊顯，皆以連用爲正格，且若上句安雙聲、疊韻，下句亦須以雙聲、疊韻對之，否則皆犯「支離病」。

3. 一首詩中不得同聲者

　　即指「鶴膝」：指第五字不得與第十五字同聲。「蜂腰」是論偶數句的尾字，而「鶴膝」則論奇數句的末字。奇數句的末字，除首句入韻者爲平聲之外，其餘第三、第五句的末字皆爲仄聲，仄聲字中包含了上去入三聲，如果連用同上去入的字，則會形成兩頭粗，中央細的鶴膝，且在聲調上的變化也較少，所以即使不能像杜甫般地四聲遞用，至少也要避免皆用同上去入的字。

　　從上面的論述中，我們可以得到以下幾個結論：

1. 詩中的第一、二字不可與第六、七字同聲。此規定在第一、六字同爲平聲時尚不妨，但不可同上去入；而在第二、七字時則不論是平上去入皆不可同聲。因爲在五言詩中，第二、七字同爲上下句的第二字，第二字是律的重點，近體詩中第二、七字不同是爲「對」，詩律的平仄即是利用「黏」、「對」的原則循環而成的，所以必須嚴格限制。

2. 詩句中的末字亦是詩的節奏所在，一般偶數句的末字是韻腳處，所以，除非是首句入韻的詩，否則，第一句與第二句的尾字不可同平仄，否則就成了逐句押韻；另外，即使是韻腳處（即第二、四、六、八句的末字），也要避免同韻又同聲，以免造成重字、重韻，因爲重韻是屬於古體詩的用韻方式，近體詩無此用韻法。

3. 近體詩的聲律原則是平仄相諧調，所以，不只是偶數句的韻

〔註15〕重韻的問題，請參見第三章韻律中之論述。

腳處用字要注意，即使是奇數句的尾字（即第一、三、五句
的尾字），除非是首句入韻的詩其末字必為平聲外，其他奇數
末字也要儘量地上去入交互使用，否則若偶數字已全為平
聲，奇數句又皆為相同的上聲、去聲或入聲，則律調會顯得
平乏，缺少變化，故應該避免。

4. 五言詩一句中，第二字與第五字要儘量避免同為仄聲字，以
   免造成一句中頭尾二字的聲音較屬促，形成蜂腰。但是，更
   重要的是第二字與第四字不得同聲，因為第二字和第四字必
   須不同平仄才能形成句中的「對」，而詩律中一句的組合，也
   是由此句中的「對」循環而成的，而且，若第二字和第四字
   同聲，就會使句中出現孤平或孤仄，即成了近體詩中的大忌，
   不可不慎。

5. 詩中用字，要注意平仄相協調，除了雙聲、疊韻外，在用字
   上，要避免用同韻或同聲字。而雙聲、疊韻字用時不可分開，
   否則不僅不能成為雙聲疊韻，而且唸起來會使文句不順暢。

6. 「偶」是近體詩中的重要觀念，不論是文字或文句上，皆要
   注意對仗，不可使詩中全無對偶，以免文句散漫，無可收拾，
   所以，在詩中使用重疊字或雙聲、疊韻字時，若上句安之，
   下句亦必須相對安之，以免句勢不穩。

　　從上面的論述，我們可得出，在五言詩中，首句第一、二字是平
聲，且不入韻者是「正格」，稱「平頭正律」，而其平仄是以「平平平
仄仄、仄仄仄平平、仄仄平平仄、平平仄仄平」四種句子依「黏」、「對」
的觀念組合而成。這四個平仄句式，也是近體詩的基本譜，七言詩亦
是這四個句式，在句首平聲處加「仄仄」，句首仄聲處加「平平」而
成。這是七言近體詩的平仄譜。

　　齊梁調詩和唐律詩的差別，則在其平仄上不符合「對」與「黏」
的原則，這是詩律尚未成定式時的作品，亦是唐律詩的先聲。

第三節　宋詩話中的聲律論

宋人承唐餘風，詩作仍以近體詩爲主，但是因爲宋代韻書的大量產生，使得宋人對聲律的注意力和唐人有了些許的不同，本節將宋人詩話中有關聲律方面的論述，逐條析出後，加以整理如下：

一、論聲律

何謂聲律？宋人認爲「諧會五音，清便宛轉，宮商迭奏，金石相宣：謂之聲律。」〔註16〕這所說的五音，指的是宮商角徵羽五個音調，金石相宣，則是形容聲音的鏗鏘。也就是說，在宋人的觀念裡，詩的音調必須五音和諧、聲調鏗鏘，如此才合乎聲律的要求。而根據宋人整理前人之作及當代經驗，將詩依聲律安排的不同，劃分成以下幾類：

（一）正格、偏格

在唐人所作的《文鏡秘府論》中，將五言首句不入韻，第一句一、二字爲平聲者爲正格；但是在宋人的解釋中，卻正好相反，方聲道《老杜詩評》卷一云：

> 古人文章，自應律度，未以音韻爲主。自沈約增崇韻學，其論文則曰「卻使宮羽相變，低昂殊節，若前有浮聲，後須切響，一簡之內，音韻盡殊，兩句之中，輕重悉異，妙達此旨，始可言文。」自後浮巧之語體制漸多，…如第二字側入謂之正格，如「鳳曆軒轅紀，龍飛四十春」之類；第二字平入謂之偏格，如「四更山吐月，殘夜水明樓」之類。唐明賢輩，詩多用正格，如杜甫律詩用偏格者，十無一、二。

依方聲道的說法，則首句第二字是平聲者爲偏格，仄聲者是正格，如「鳳曆軒轅曆，龍飛四十春」，第一句第二字「曆」是入聲音，屬仄聲，其故爲正格；而「四更山吐月，殘夜水明樓」，第二句第二字「更」是當更漏之更，應唸「ㄍㄥ」，平聲，所以是偏格。這樣的認知恰好

〔註16〕見魏慶之《詩人玉屑》，世界書局出版，頁101。

和唐人相反。

（二）拗句格

宋人論詩，除了正格、偏格外，尚有「拗句格」。宋‧胡仔《苕溪漁隱叢話》曰：

> 《禁臠》云：「魯直有換對句法，如『只今滿坐且尊酒，后夜此堂空月明。』、『清談落筆一萬字，白眼舉觴三百盃。』、『田中誰問不納履，坐上適來何處蠅。』、『鞦韆門巷火新改，桑柘品園春向分。』、『忽乘舟去值花雨，寄得書來應麥秋。』其法於當下平字處，以仄字易之，欲使氣挺然不群，前此未有人作此體，獨魯直變之。」苕溪漁隱曰，此體本出於老杜，如「寵光蕙葉與多碧，點注桃花舒小紅。」、「一雙白魚不受釣，三寸黃柑猶自青。」「外江三峽且相接，斗酒新詩終日疎。」…似此甚多，聊舉此數聯，非獨魯直變之也。余嘗效此體作一聯云「天連風色共高運，秋與物華俱老成。」今所謂拗句者是也。〔註17〕

上面各例句之平仄為：

甲、山谷詩句

只今滿坐且尊酒，後夜此堂空月明。
仄平仄仄仄平仄，仄仄仄平平仄平。

> 案：此聯之合律應為「平平仄仄平平仄，仄仄平平仄仄平」，第一句第一、五字本應為平聲，此拗為仄聲；第二句第三字本應為平，拗為仄，第五字本應為仄，拗為平。

清談落筆一萬字，白眼舉觴三百盃。
平平仄仄仄仄仄，仄仄仄平平仄平。

> 案：此聯平仄本應為「平平仄仄平平仄，仄仄平平仄仄平」，第一句第五、六字本應為平，此改為仄；第二句第三字本應為平，拗為仄，第五字本為平，此拗為仄。

〔註17〕見《苕溪漁隱叢話‧前集》卷四十七，頁317。

田中誰問不納履，坐上適來何處蠅。

平平平仄仄仄仄，仄仄仄平平仄平。

案：此聯本應爲「平平仄仄平平仄，仄仄平平仄仄平」，第二句
第三字拗平爲仄，第五、六字則易仄爲平；第二句第三字拗
平爲仄，第五字拗仄爲平。

鞦轡門巷火新改，桑柘田園春向分。

平平平仄仄平仄，平仄平平平仄平。

案：此聯合律應爲「平平仄仄平平仄，仄仄平平仄仄平」，此第
一句第三字拗仄爲平，第五字拗平爲仄；第二句第一字拗仄
爲平，第五字拗仄爲平。

忽乘舟去植花雨，寄得書來應麥秋。

仄平平仄仄平仄，仄仄平平平仄平。

案：此聯本應爲「平平仄仄平平仄，仄仄平平仄仄平」，第一句
第一、五字拗平爲仄，第三字拗仄爲平；第二句第五字拗仄
爲平。

乙、老杜詩句

寵光蕙葉與多碧，點注桃花舒小紅。

仄平仄仄仄平仄，仄仄平平平仄平。

案：此聯本應爲「平平仄仄平平仄，仄仄平平仄仄平」，第一句
第一、五字拗平爲仄；第二句第五字拗仄爲平。

一雙白魚不受釣，三寸黃柑猶自清。

仄平仄平仄仄仄，平仄平平平仄平。

案：此聯合律應爲「平平仄仄平平仄，仄仄平平仄仄平」，第一
句第一、五、六字則改平爲仄，第四字改仄爲平；第二句第
一、五字拗仄爲平。

外江三峽且相接，斗酒新詩終日疎。

仄平平仄仄平仄，仄仄平平平仄平。

案：此聯本應爲「平平仄仄平平仄，仄仄平平仄仄平」，第一句
第一、五字拗平爲仄，第三字拗仄爲平；第二句第五字拗仄

爲平。

丙、胡仔詩句

天連風色共高運，秋與物華俱老成。

平平平仄仄平仄，平仄仄平仄仄平。

案：此聯合律本爲「平平仄仄平平仄，仄仄平平仄仄平」，但胡
　　仔詩中，第一句第三字拗仄爲平，第五字拗平爲仄；第二句
　　第一字拗仄爲平，第三字拗平爲仄。

由上面這些例句的整理，我們可知，所謂的「拗句格」應具有以
下幾個特點：

1. 上句用拗，下句亦拗。

2. 拗字多用在第一、三、五字之處；第四、六字處亦有不合平
　 仄者，但因第四、六字是詩中論「黏」、「對」處，不可以「拗」
　 論，所以第四、六字不合平仄者，應爲古體句，宋人對此仍
　 有誤解。

3. 詩用拗字不僅是易平爲仄，亦有易仄爲平。

4. 用拗字的作用除了詩人不希望「因聲害意」而權宜之用外，
　 也是使詩句的音韻更脫俗，峻峭的方法之一。如《對床夜語》
　 云：

　　五言律詩，固要貼妥，然貼妥太過，必流於衰。苟能出奇，
　　於第三字中下一拗字，則貼妥中隱然有峻直之風。〔註18〕

　 五言律詩的第三字，當相於七言詩的第五字，此處用拗，因前
　 後兩字依然合律，詩人認爲可以造成詩句如河床落差般地氣
　 勢，直峻高聳，自與完全合律的詩截然不同。但是，我們從上
　 面的例子已知其實拗字並不限用在第三字（或説第五字），只
　 是大多仍運用在奇數字上爲主。

5. 詩用拗字，一般以平拗仄和以仄拗平的字數相當爲原則。即，

〔註18〕見宋・范晞文著，丁福保輯：《歷代詩話續編・對床夜語》卷二，木
　　　 鐸出版，頁418。

詩中若用了拗字，則必須要救，因為這樣就可以造成即使是拗，但一聯詩中的平仄字數仍不致於懸殊太大，以免造成聲律的不和諧，而這也就是後來所謂「救」的觀念。

（三）斡旋句法

黃徹《碧溪詩話》曰：

> 「山陰野雪興難乘，佳晨強飯食猶寒。」皆斡旋其語，使就音律。近律有「天上驕雲未肯同，十年江海別嘗輕。」、「花下壺盧鳥勸提，與君蓋亦不須傾。」皆此法也。〔註19〕

上例詩中，「山陰野雪興難乘，佳晨強飯食猶寒。」一聯，若不斡旋其語則應為「山陰野雪難乘興，佳晨強食飯猶寒。」。為了要順應詩人音律的要求，故將「難乘興」斡旋為「興難乘」；將「強食飯猶寒」斡旋為「強飯食猶寒」，這種方法稱為「斡旋句法」。

此外，與「斡旋句法」用法類似的，應是「倒用字」，如《詩人玉屑》引《藝苑雌黃》曰：

> 古人詩押字，或有語顛倒，而於理無害者。如韓退之以「參差」為「差參」，以「玲瓏」為「瓏玲」是也。比觀王逢原有〈孔融詩〉云：「虛云座上客常滿，許下惟聞哭習脂。」魯直有〈和荊公西太一宮六言詩〉云：「啜羹不如放麑，樂羊終愧巴西。」按《後漢史》有脂習，而無習脂；有秦西巴，而無巴西，豈二公之誤耶？《漢皋詩話》云：「字有顛倒可用者，如『羅綺』、『圖畫』、『畫圖』、『毛羽』、『羽毛』、『白黑』、『黑白』之類，方可縱橫。惟韓愈、孟郊輩才豪，故有『湖江』、『白紅』、『慨慷』之語，後人亦難倣效。若不學矩步，而學奔逸，誠恐『麟麒』、『鳳凰』、『木草』、『川山』之句紛然矣。」〔註20〕

〔註19〕見宋・黃徹著，丁福保輯：《歷代詩話續編・碧溪詩話》卷三，木鐸出版，頁358。其中「佳晨強食飯猶寒」一句《西清詩話》、《詩話總龜》皆作「佳辰強飲食猶寒」。

〔註20〕見宋・魏慶之：《詩人玉屑》，世界書局出版，頁145。

又《瓮牖閑評》曰：

> 蘇東坡嘗記韓定辭爲鎮州書記，聘燕師劉仁恭，仁恭命幕
> 客馬都延接，馬有詩云：「別后罐罄山上望，羨君時復見王
> 喬。」然「罐罄」二字，《湘素雜記》自音作「權務」，用
> 此二字，則平仄不順，不可讀，恐是作「務權」用之，顛
> 倒其二字，亦如蘇東坡龍井作「井龍」，黃太史西巴作「巴
> 西」也耶？不然，何謬誤如此也？〔註21〕

　　律詩中每個字的平仄都有所規定，詩人有時爲了顧及音韻，或是
故意造成文句的特殊性，而將固有的字句顛倒使用，以達到目的。上
面所說的「脂習」顛倒爲「習脂」，「習」爲入聲，「脂」爲平聲，似
爲使詩句合於平仄譜而顛倒用之，一如「羅綺」和「綺羅」，一爲「平
仄」，一爲「仄平」，雖二者皆是指華麗輕軟的織品，但是聲律不同，
應是以配合詩律的要求。另外，《漢皋詩話》中所論，有一點是不正
確的：字雖有可顛倒用者，但，有些字顛倒後，其所代表的意義即不
相同，如「圖畫」是名詞，而「畫圖」則爲動詞，這二者並非顛倒後
無損文意的，故其論有誤，且其以韓愈、孟郊輩，因爲文才雄豪，所
以可以任意顛倒文句的說法，亦不正確。雖然韓愈詩文喜歡故作冷
僻、古怪，但其並非隨意地顛倒字句，如《宋詩話輯佚・漢皋詩話》
中，郭紹虞先生注曰：「王楙云：『慨慷二字，退之東野亦有所祖，非
二公自爲也。』」可見即使是大文豪，亦不可隨意爲之，更何況是一
般人？

　　宋人這樣地的斡旋句法、顛倒用字，其目的皆是在利用音律的變
化使文句的聲音鏘鏗，結構更活潑，因爲在宋人的觀念中，平直敘之，
則不成文章〔註22〕，所以《苕溪漁隱》曰：

> 麈史云，杜子美善於用故事及常語，多離析或倒用其句，
> 蓋如此則語峻而體健，意亦深穩矣。〔註23〕

〔註21〕見宋・袁文著，程執中編：《宋人詩話外編・瓮牖閑評》，頁595。
〔註22〕見宋・釋惠洪：《天廚禁臠》，頁31。
〔註23〕見《苕溪漁隱叢話・後集》卷十三，頁512。

（四）黏 對

在律詩中，第一句一、二字若用平聲，則第二句一、二字須用仄聲，使其與第一句首二字的平仄相反，這稱「對」；若第二句一、二字是仄聲，則第三句一、二字亦用仄聲，使此二句一、二字的平仄相同，這稱爲「黏」；第三句一、二字用仄聲，則第四句一、二字改以平聲爲對，整首詩即以這種「對」與「黏」爲原則，調和平仄，以至詩尾。這樣的觀念在上一節《文鏡秘府論》中已提出，但是，在唐代似乎並無「黏」「對」之名，然而，在宋代這樣的觀念已成爲固定格式，名稱也確立。宋人依黏對的變化，將詩分成以下數種：

1. 變 體

自唐人作近體詩，詩的平仄皆有定格，但，宋人爲求在承唐遺風之餘，走出屬於自己的風格，故對變化詩律也頗爲注意，如胡仔《苕溪漁隱叢話》曰：

> 律詩之作，用字平側，世固有定體，眾共守之，然不若時
> 用變體，如兵之出奇，變化無窮，以驚世駭目。

依《苕溪漁隱叢話》，將律詩的變體分成三類：

（1）七言律詩變體

如老杜詩云：

> 竹裏行廚洗玉盤，花邊立馬簇金鞍。
> 仄仄平平仄仄平，平平仄仄仄平平。
> 非關使者徵求急，自識將軍禮數寬。
> 平平仄仄平平仄，仄仄平平仄仄平。
> 百年地闢柴門迥，五月江深草閣寒。
> 仄平仄仄平平仄，仄仄平平仄仄平。
> 看弄漁舟移白日，老農何有罄交歡。
> 仄仄平平平仄仄，仄平平仄仄平平。

在這首詩中大部份的句子都合乎平仄，但是，第四、五句失黏，即不合乎詩律，故稱爲變體。

（2）絕句律詩之變體

如韋蘇州詩云：

南望青山滿禁闈，曉陪鴛鷺正差池。
平仄平平仄仄平，仄平平仄仄平平。

共愛朝來何處雪，蓬萊宮裏拂松枝。
仄仄平平平仄仄，平平平仄仄平平。

這首詩的平仄看起來大多由偶平和偶仄組成，但是第一句第二字用仄聲，第三句第二字亦是仄聲，以致第二、三句失黏，不合乎詩律，故曰變體。又如老杜詩云：

山瓶乳酒下青雲，氣味濃香幸見分。
平平仄仄仄平平，仄仄平平仄仄平。

鳴鞭走送憐漁父，洗盞開嘗對馬軍。
平平仄仄平平仄，仄仄平平仄仄平。

此首詩與上例同，句子皆多由偶平偶仄組成，大多合律，但第一句首二字用平聲，第三句首二字亦用平聲，則第二、三句失黏，不合乎平仄規律，故曰變體。另外，在《詩人玉屑》中論及，若詩中失黏，但是句意不斷者，謂之「折腰體」。〔註24〕

（3）七言律詩，至第三句便失黏，不合平仄規律

甲、起頭用側聲，故第三句亦用側聲

《苕溪漁隱》曰：「唐人用此甚多，但今人少用耳。」

老杜詩云：

搖落深知宋玉悲，風流儒雅亦吾師。悵望千秋一灑淚，蕭條異代不同時。
江山故宅空文藻，雲雨荒臺豈夢思。最是楚宮俱泯滅，舟人指點到今疑。

嚴武詩云：

漫向江頭把釣竿，懶眠沙草愛風湍。莫倚善題鸚鵡賦，何須不著鵔鸃冠。

〔註24〕

腹中書籍幽時曬，肘後醫方靜處看。興發會能騎駿馬，終
須重到使君灘。

韋應物詩云：

夾水蒼山路向東，東南山豁大河通。寒樹依微遠天外，夕
陽明滅亂流中。

孤村幾歲臨伊岸，一雁初晴下朔風。爲報洛橋遊宦侶，扁
舟不繫與心同。

乙、起頭用平聲，故第三句亦用平聲：

老杜詩云：

暮春三月巫峽長，晶晶行雲浮日光。雷聲忽送千山雨，花
氣渾如百和香。

黃鶯過水翻回去，燕子銜泥濕不妨。飛閣卷簾圖畫裏，虛
無只少對瀟湘。

韋應物詩云：

與君十五侍皇闈，曉拂爐煙上玉墀。花開漢苑經過處，雪
下驪山沐浴時。

近臣零落今猶在，仙駕飄飄不可期。此日相逢非舊日，一
抔成喜亦成悲。

　　唐《文鏡秘府論》曰，首句一、二字用平聲，第二句的一、二字
則用仄聲，第三句的一、二字復用仄聲，第四句一、二字用平聲…以
此反覆，以致詩終了，而變體詩，則是以改變這個原則，使詩中大部
份的句子皆合律，但某二句失黏，不合平仄，故稱之曰「變體」。

2. 江左體：（即指「失對」之詩）

《詩人玉屑》曰：

引韻便失黏，既失黏，則若不拘聲律；然其對偶特精，則
謂之骨含蘇李體。「浣花流水水西頭，主人未卜林塘幽。已
知出郭少塵事，更有澄江銷客愁。無數蜻蜓齊上下，一雙
鸂鶒對沈浮。東行萬里堪乘興，須向山陰上小舟。」─杜
子美〈卜居〉

杜甫這首詩，《天廚禁臠》亦論及，稱爲江左體。其特色是「引韻便

失黏」，因其第一句首二字「浣花」是用平聲，則第二句的首二字應用仄聲為對，但是「主人」（用平或仄以第二字論，因首字可換，見上節《文鏡秘府論》云）仍屬平聲，所以稱江左體，實即「失對」。

（五）雜體詩

這裡所論的「雜體詩」，六朝即有，宋人加以整理，特色是以打破詩固定聲律為主的特殊作品，如：

1. 《滄浪詩話‧詩體》曰：

> 有全篇雙聲疊韻者：東坡〈經字韻詩〉是也。
> 有全篇皆平聲者：天隨子〈夏日詩〉，四十字皆平聲。又有
> 一句全平聲，一句全仄聲。
> 有全篇字皆仄聲者：梅聖俞〈酌酒與婦飲之詩〉是也。〔註25〕

宋代小學盛，所以有時詩人為賣弄學識，會故意堆垛文字，使詩彷如韻書，東坡〈經字韻詩〉即屬此種作品，其並無特殊意義；而聖俞作仄聲詩，亦以賣弄文才為主，如《西清詩話》云：

> 晏元獻守汝陰，梅聖俞往見之。將行，公置酒潁水河上，
> 因言古人章句中，全用平聲，製字穩貼，如「枯桑知天風」
> 是也。恨未見側字詩。聖俞既引舟，遂竹五側體寄公，云：
> 「月出斷岸口，影照別舸背。且獨與婦飲，頗勝俗客對。
> 月漸上我席，暝色亦稍退。豈必在秉燭，此景已可愛」。
>
> 〔註26〕

由此可知聖俞之作，不過是在對晏元獻「恨未見側字詩」的回應，並非常格。因為仄韻詩基本上是屬於古體詩的範圍，近體詩中並無仄韻詩。

2. 據《天廚禁臠》云，詩有「破律琢句法」：

> 此六句乃七言琢句法也。「仰看曉月掛木末，天風吹衣毛骨
> 寒」，此對十四字，而上下兩字平側皆隔五字，此句法健特。
> 「曉月掛木末」五字是側，而「看」字是平；「天風吹衣寒」

〔註25〕見宋‧嚴羽著，郭紹虞校釋：《滄浪詩話校釋》，里仁出版，頁71。
〔註26〕見宋‧蔡絛著，郭紹虞輯：《宋詩話輯佚上‧西清詩話》，頁326。

五字是平，而「骨」字是側。如「華裙織翠青如蔥，金環
壓臂搖玲瓏」，此對十四字，而四字是側，然二字側以襯出
五字平，則文雄勁。凡律詩一句，亦有四字平側者「無可
奈何花落去，似曾相識燕歸來」，然皆應照相間，讀之妥貼，
非如古詩側三字、四字，連殺平亦如之也。〔註27〕

「琢」即是雕刻，刻鏤之意，琢句，即是人為刻意地去營造字句間的
聲律，所以，上面所舉的例子，都是人為特意地安排聲律，使其雖不
合固定詩律，卻仍有一定的模式，句子讀起來或健朗、或雄勁，因是
刻意地安排，因此讀起來仍不覺拗口，但是，**聲律的合諧有其自然的
因素在內，過份的人為，仍是缺失，故不為常格。**

二、詩　病

　　宋人在詩病方面的討論並不多，《文鏡秘府論》中所提的二十八
種病，在宋詩話中不再見，宋人在這方面的討論，仍以沈約的「八病」
為主，《滄浪詩話》、《詩人玉屑》中皆有論及，但，和唐代已略有不
同。如《詩人玉屑》云：

詩病有八：

一曰平頭：第一、二字不得與第六、七字同聲。如「今日
良宴會，讙樂莫具陳。」「今」、「讙」皆平聲。

二曰上尾：第五字不得與第十字同聲。如「青青河畔草，
鬱鬱園中柳。」「草」、「柳」皆上聲。

三曰蜂腰：第二字不得與第五字同聲。如「聞君愛我甘，
竊欲自修飾。」「君」、「甘」皆平聲；「欲」、「飾」皆入聲。

四曰鶴膝：第五字不與第十五字同聲。如「客從遠方來，
遺我一書札。上言長相思，下言久離別。」「來」、「思」皆
平聲。

五曰大韻：如「聲」、「鳴」為韻，上九字不得用「驚」、「傾」、
「平」、「榮」字。

六曰小韻：除本一字外，九字中不得有兩字同韻。如「遙」、

〔註27〕見宋・釋惠洪：《天廚禁臠》卷下。

「條」、不同。

七日旁紐、八日正紐：十字內疊韻爲正紐；若不共一紐而有雙聲，爲旁紐。如「流」、「久」爲正紐；「流」、「柳」爲旁紐。

八種病惟上尾、鶴膝最忌，餘病亦皆通。

唐人論「平頭」是以一句詩中的第二字之平仄爲主，但《玉屑》所舉的是以第一字爲例。我們在前面討論詩失黏否，是以第二字爲準，然而此詩第一、二句之第二字「日」、「樂」均爲入聲字，所以仍是以犯「平頭」論。

此外，關於蜂腰、鶴膝之說，亦有相關論述曰：

聲韻之美，自謝莊、沈約以來，其變日多。四聲中又別其清濁以爲雙聲，一韻者以爲疊韻，蓋以輕重爲清濁爾。所謂「前有浮聲，後須切響」是也。王融〈雙聲詩〉云：「園蘅眩紅蘤，湖荇暉黃華。迴鶴橫淮翰，遠越合雲霞。」以此求之可見，自唐以來，雙聲不復用，而疊韻間有。杜子美「卑枝底結子，接葉暗巢鶯。」白樂天「戶大嫌甜酒，才高笑小詩。」之類，皆因其語意所到，輒就成之，要不以是爲工也。陸龜蒙輩遂以皆用一音，引「後牖有朽柳」、「梁王長康強」爲始於梁武帝，不知復何所據。所謂蜂腰、鶴膝者，蓋又出於雙聲之變，若五字首尾皆濁音，而中一字清，即爲蜂腰；首尾皆清音，而中一字濁，即爲鶴膝，尤可笑也。〔註28〕

這裡是以雙聲疊韻論蜂腰、鶴膝，並以清濁爲判斷的標準，這與唐人論蜂腰、鶴膝，有所不同；因爲雙聲疊韻字雖必同聲，但同平上去入字則未必雙聲疊韻也。

由上面的論述，我們可以發現，宋人對於八病之說，並不像唐人般要求嚴謹，誠如《滄浪詩話》所說：「作詩正不必据此，弊法不足据也。」

〔註28〕見《宋詩話輯佚卷下・蔡寬夫詩話》，頁4。

三、論　字

宋人對字的用法，讀音非常講究，相關的討論也很多，分述如下：

1. 論字音

宋人論詩中用字之平仄以協音爲主。《野客叢書》曰：

《客齋隨筆》云：「白樂天好以司字作入聲讀，如云：『四十著緋軍司馬，男兒官職未蹉跎。』『一爲軍司馬，三見歲重陽。』是也。又以相字作入聲，如云：『問爲長安月，誰教不相離。』是也。相字下自注云：『思必切』。以十字作平聲讀，…以琶字作入聲讀，…」僕謂二詩司字非入聲，乃去聲耳。觀白詩無注，《廣韻》入聲不收，《集韻》去聲伺字韻收，曰：「司，主也。」僕觀《西漢·敘傳》與夫《文選》，司字作伺字協，疑此詩亦以司爲伺。…白詩多犯鄙俗語，又如枇杷之枇，蒲萄之蒲，亦協入聲。如請召之請協平聲，諒暗之暗協去聲，似此之類甚多。…僕又考之，不特白詩爲然，唐人之詩多有如是者。…是皆隨其律而用之。〔註29〕

中國字中有所謂的「破音字」，詩人在作詩時，有時爲了協音，便不以字義爲取音的原則，而以字音爲主，如白居易詩中「誰教不相離」的「相」字，本有平聲陽韻與去聲漾韻兩讀音，但白居易爲求和「不」用協音，獨以入聲論，即是爲求協音所致。除此之外，詩人亦利用方言來達成協音的目的，如上例中的枇杷之「枇」字，和蒲萄的「蒲」字，即是如此。

此外，葛立方《韻語陽秋》云：

縣有平去二音，如宮縣之縣者，樂架也；若州縣之縣，則別無他音。嘗見顏延之〈侍皇太子釋奠宴詩〉曰：「獻終襲吉，郎官廣宴。堂設象筵，庭宿金縣。」沈約〈侍宴詩〉曰：「回鑾獻爵，揿金委奠。肆士辨儀，胥人掌縣。」二人押韻皆作州縣之縣用，何耶？沈佺期〈哭眉州詩〉云：「家

〔註29〕見宋·王楙著，程毅中編：《宋人詩話外編卷下·野客叢書》，頁1088。

憂方休杼，皇慈更轍縣。」則當作平聲押。〔註30〕

又《瓮牖閑評》曰：

> 《前漢》「魁梧」二字，「梧」字音去聲。陳子高詩云：「樓
> 下旌旗五丈餘，府中賢尹計魁梧。」「梧」字乃押作平聲。
> 《漢書・張良傳》：「聞張良之智勇，以爲其貌魁梧奇偉，
> 反若婦人女子。」蘇林曰：「梧，音悟。」顏師古曰：「魁，
> 大貌，言其可驚悟。」杜詩：「蘊藉爲郎久，魁梧秉哲尊。」
> 蘇東坡詩〈和劉貢父夫字韻〉：「此詩尤偉麗，夫子計要魁
> 梧。」平聲韻押，似誤也。〔註31〕

協音的方法除了用方言外，另外還有祖述前人，以及顛倒用字等方
式。如《韻語陽秋》所舉之「縣」字，即是以述前人作品來押韻，也
就是「用字有來由」的方式；而《瓮牖閑評》的例子，就是利用顛倒
用字的方法來達成協音的目的，但是，顛倒用字仍是必須本著「有所
祖述」爲原則。

2. 用　字

宋人重視詩中用字，認爲「五言詩如四十個賢人，著一字如屠沽
不得。覓句者，若掘得玉合子，底必底蓋，但精心求之，必獲其寶。」，
〔註32〕《詩人玉屑》亦引《唐子西語錄》云：「詩在與人商論，求其
疵而去之，等閑一字放過則不可，殆近法家，難以言恕矣。」〔註33〕

宋人詩話中有關用字的論述如下：

（1）雙　字

雙字，是指兩個相同的字。宋人對於詩用雙字十分重視，認爲這
是一項高難度的技巧，如《石林詩話》云：

> 詩下雙字極難，須使七言、一言之間，除去五字、三字外，
> 精神興致全見於兩言，方爲工妙。唐人記「水田飛白鷺，

〔註30〕見《歷代詩話・韻語陽秋》卷六，頁328。
〔註31〕見宋・袁文著，程執中編：《宋人詩話外編・瓮牖閑評》，頁598。
〔註32〕見宋・尤袤著，何文煥：《歷代詩話・全唐詩話》卷三，頁89。
〔註33〕見《詩人玉屑》，頁174。

夏木囀黃鸝。」爲李嘉祐詩，王摩詰竊取之。非也！此兩句好處正在添「漠漠」、「陰陰」四字，此乃摩詰爲嘉祐點化，以自見其妙。如李光弼將郭子儀軍，一號令之精彩數倍。不然，嘉祐本句但是詠景耳，人皆可到，要之當令如老杜「無邊落木蕭蕭下，不盡長江滾滾來。」與「江天漠漠鳥雙飛，風雨時時龍一吟。」等，乃爲超絕。

在上例中，李嘉祐詩只是單純的詠景，但是王維將詩改成「漠漠水田飛白鷺，陰陰夏木囀黃鸝。」後，眼前的景緻彷彿更形開闊，無「漠漠」無法顯出水田的廣闊綠意，也就顯現不出與白鷺點綴其間的美；無「陰陰」則突現不了夏季的燥熱，也就更無法體現黃鸝宛轉歌聲所帶來的清爽。這兩句詩在李嘉祐的手裡，只是平凡的作品，但一經王維改作，整個詩句都變得活潑生動，所以歷來大多數人只知王維改作之句，卻少見嘉祐原作，這就是雙字下得妙的代表。

（2）重　字

除了雙字外，有時，詩人也會用數個相同的字，但因其不見得是連用，所以稱爲重字，或曰重疊用字，如《苕溪漁隱叢話》曰：

《三山老人語錄》云：白樂天寄劉夢得詩有「歎早白無兒」之句，劉贈詩曰「莫嗟華髮與無兒，卻是人間久遠期。雪裏高山頭蚤白，海中仙果子生遲。于公必有高門慶，謝守何煩曉鏡悲。幸免如新分非淺，祝君常詠夢熊詩。」高山本高，于門使之高，二義殊，古之詩流曉此，唐人忌重疊用字如此，今人詩疊用字者甚多，東坡一詩，猶兩耳字韻，亦曰義不同。〔註34〕

又《全唐詩話》曰：

沈存中云：唐人以詩主人物，故雖小詩莫不極工而後已，所謂句鍛月鍊者，信非虛言，小說載〈題城南詩〉，其始曰：「去年今日此門中，人面桃花相映紅。人面不知何處去，桃花依舊笑春風。」後以其意未全，語未工，改第三句曰：「人面

_____

〔註34〕見《苕溪漁隱叢話上》卷十七，頁112。

祇今何處去」。至今所傳有此兩本，惟《本事詩》作「祇今
何處」，在唐人作詩大率如此，雖有兩「今」字不恤也，取
語意爲主耳，後人以其有兩今字，故多行前篇。〔註35〕

從上面的論述，似乎會使人產生疑惑，到底唐人對重疊用字是否忌
諱？宋詩是否不以重疊用字爲意？其實，唐人和宋人對重疊用字都有
所忌諱，因爲如果用得不好，是會形成八病中的正紐或旁紐。但是，
有時因爲二字雖相同，但是意義不同，如「高山」的「高」和「高門」
的「高」二字所要表現的意思一指山勢聳峻，一是形容門第的清高尊
貴，二義不同，故不爲害。而東坡作詩雖有兩「耳」，卻也要自注「義
不同」，可見宋人是很忌諱用重字的。

（3）連綿字

《韻語陽秋》曰：

連綿字不可挑轉用，詩人間有挑轉用者，非爲平側所牽，
則爲韻所牽也。羅昭諫以「沈寥」爲「寥沈」，是爲平側所
牽，〈秋風生桂枝詩〉所謂「寥沈工夫大」是也。又以「沈
瀾」爲「瀾沈」，是爲韻所牽，〈哭孫員外詩〉所謂「故侯
何在淚瀾沈」是也。〔註36〕

又《竹莊詩話》以「野日荒荒白，江流泯泯清。」爲五言警句，曰：

《雪浪齋日記》云：「古人下連綿字不虛發，如老杜云云。
退之云云。『月吐窗炯炯』，皆造微入妙。」〔註37〕

所謂的「連綿字」，係指由雙音節組成不可分割，亦不可顛倒，
結構極爲緊密之辭彙，如「玻璃」、「枇杷」、「葡萄」、「咖啡」等是，
但由上二例看，宋人所謂的「連綿字」，或指雙聲疊韻字，或指疊字，
皆非「連綿字」，可見宋人對「連綿字」之義多有誤解。

雙聲疊韻字在前文中的「顛倒用字」已論過，這裡所強調的是，
一般而言，雙聲疊韻字的用法世有定格，如《文鏡秘府論》中亦云，

〔註35〕見《歷代詩話・全唐詩話》卷三，頁78。

〔註36〕見《歷代詩話・韻語陽秋》卷二，頁299。

〔註37〕見宋・何汶：《竹莊詩話》，頁435。

雙聲疊韻字不可拆開用，否則是犯病，若詩人將其拆析、顛倒，必然是爲了牽就聲律而不得不然。此外，用雙聲疊韻字、疊字，都不可浮濫，如「月吐窗炯炯」句，若無「炯炯」二字，也無法想見皓月盈窗的景況，所以說要「不虛發」方爲佳作。〔註38〕

（4）鍊　字

宋人對於鍊詩中是非常重視的，所謂「好句須要好字」〔註39〕，如《竹莊詩話》云：

> 《漫齋語錄》云：「五字詩，以第三字爲句眼；七字詩，以第五字爲句眼。古人鍊字，只於眼上鍊。」又云：「凡鍊句眼，只以尋常慣熟字使之，便似不覺者爲勝也。」〔註40〕

又，孫奕《履齋詩話》曰：

> 詩人嘲弄萬象，每句必須鍊字。〔註41〕

並將鍊字分爲鍊句首字、鍊第二字、鍊腰字、鍊句尾，及鍊得七言皆好等。在五、七言詩中，句眼的部份通常是處於一承上啓下的地位，所以鍊句眼字當然是很重要的，如《詩人玉屑》就提出「眼用拗字」和「眼用響字」的鍊字方法，因爲用拗字、響字，皆可使詩句脫離一成不變的常軌，讓詩句變得跳躍、生動。但是，詩句的組成也不是只有單一的形式，詩人隨機應用，有時轉折處並非詩眼處，所以仍以步步爲營最佳，因此，鍊字不僅是鍊眼中字，而是要處處留心，以期五、七言中全句皆好，但是，在鍊字的過程中，仍要以「自然」爲最高原則。

四、方言俗語

中國地大物博，人員眾多，各地的方言、俗語也各不相同，雖然韻書興起後，詩人作詩用韻已有了依據，但是，有時爲了文意、聲律

〔註38〕《艇齋詩話》以荊公詩喜用「依依」「嬝嬝」字，汪信民評其「失之軟弱」。
〔註39〕見宋・范溫著，郭紹虞輯：《宋詩話輯佚上・潛溪詩眼》，頁397。
〔註40〕見《竹莊詩話》，頁8。
〔註41〕見《四庫全書・履齋示兒編》，頁6632。

不相失，所以偶有從方言、俗語之作，如陸游《老學庵筆記》云：

> 世多言白樂天用相字多從俗語，作思必切，如「爲問長懺
> 月，如何不相離。」是也。然北人大抵以相字作入聲，至
> 今猶然，不獨樂天，老杜云「恰似春風相欺得，夜來吹折
> 數枝花。」亦從入聲讀乃不失律。〔註42〕

又《詩林廣記》曰：

> 《蔡寬夫詩話》云：「詩人用事有乘語意到處，輒從其方言，
> 爲之者亦自一體，但不可爲常耳。吳人以作爲佐音，退之
> 用此語也。如淮楚之間，以十爲忱音，故白樂天有云『綠
> 浪東西南北水，紅欄三百六十橋，』十字作忱音，不知當
> 時所呼通爾？或是姑爲戲也。又如呼孈爲団，音塞。呼父
> 爲郎爸，此閩人語音也。顧況作《補亡訓傳十三章》，其哀
> 閩之詞曰『団別郎爸心摧血』，況善諧謔，故特取其方言爲
> 戲，至今觀者爲之發笑。然五音各不同，自古文字曷嘗不
> 隨用之，楚人發語之辭曰羌、曰蹇；平語之辭曰些。一經
> 屈宋採用，後世遂爲佳句，但世俗常情不能無貴遠鄙近
> 耳」。〔註43〕

由此可知，詩用方言，往往是爲了遷就音律，抑或是詩人戲謔之作，
然而，詩的特色應是「溫柔敦厚、含蓄蘊藉」的，若是一味地矯縱音
律，則雕刻太過，露了斧鑿痕，對宋人來說是忌諱；而且方言、俗語
有時也太過粗俗，用在詩中，易使詩流於俗鄙，亦不符合詩性，所以
《蔡寬夫詩話》認爲用方言俗語僅能偶一爲之，但不可爲常耳。

五、古詩聲律

　　一般論古、近體詩最大的差別在於聲律，以爲古體詩不拘聲律，
近體詩則須按平仄格律寫作。而古體詩不拘聲律，是否因爲古人不會
分辨平仄呢？《朱子語類》曰：

> 《禮記》、《荀》、《庄》有韻處多。龔實之云，嘗官於泉，

〔註42〕見宋・陸游：《稗海・老學庵筆記》卷十，頁 1565。
〔註43〕見宋・蔡正孫：《詩林廣記上》，頁 164。

> 一日問陳宜中云：「古詩有平仄否？」陳云：「無平仄。」
> 龔云：「有。」辯之久不決。遂共往決之李漢老。陳問：「古
> 詩有平仄否？」李云：「無平仄，只是有音韻。」龔大然之。
> 謂之無有，皆不是，謂之音韻乃是。〔註44〕

又《苕溪漁隱叢話》曰：

> 《蔡寬夫詩話》云：「秦漢以前，字書未備，既多假借，而
> 音無反切，平側皆通用。如『慶雲』、『卿雲』；『皋陶』、『咎
> 繇』之類，大率如此。《詩》：『瞻彼日月，悠悠我思。道之
> 云遠，曷云能來。燕燕于飛，上下其音。之子于歸，遠送
> 于南。』『思』與『來』，『音』與『南』，皆以協聲，魏晉
> 間此體猶在。…自齊梁後，既拘以四聲，又限以音韻，故
> 大率以偶儷聲響爲工，文氣安得不卑弱乎？」〔註45〕

在宋人的觀念裡，古詩是不以平仄論，而是以自然的音韻求之，所以其平仄皆可通押，也因爲古詩不限聲律，所以可以擺脫拘忌，直寫胸臆，是最好的創作方式。但是，自從四聲興起，詩律形成後，詩律以偶儷爲勝，侷限多了，自然就變得綁手綁腳，缺乏宏肆的氣魄，文氣就顯得卑弱了。

第四節　唐、宋聲律之異同及其影響

宋人雖承襲唐人作近體詩，但是，在聲律的運用及觀念上，已非唐人原貌，所以，在本節中，將以前面所提到的唐、宋聲律觀作一歸納式的比較，以明其異同。此外，也從明、清詩話中的聲律論來探討宋代詩話中的聲律對後代聲律觀之影響，希望藉此找出詩律中聲律流變之大概。

一、唐宋聲律觀的異同

由上面的論述，我們可以發現一個有趣的現象：近體詩的格律在

〔註44〕見宋・朱熹、黎靖德：《宋人詩話外編下・朱子語類》，頁984。
〔註45〕見《苕溪漁隱叢話前集》，頁1。

齊梁萌芽，唐代確立後，宋人一方面效法唐人作近體詩，另一方面卻又時時想擺脫詩律的羈絆，這種矛盾的心理可從以下幾點看出：

1. 論字音方面：唐人在論詩的用字時，除了論平仄外，亦注意到輕重、清濁，如王昌齡《詩格》中提出：

> 用字有數般：有輕，有重，有重中輕，有輕中重，有雖重濁可用者，有清輕不可用者，事須細慮之。

但是宋人在論用字時，不僅以此論，甚至連唇、牙、舌、齒、喉等發音部位都加以考量，如王觀國《學林》〔註46〕中論雙聲詩「幾家村草裡，吹唱隔江聞。」曰：

> 觀國按：村字是唇音，草字是齒音，吹字是唇音，唱字是齒音，此非同音字，不可謂雙聲也。

這是以發音部位的不同來論斷「幾家村草裡，吹唱隔江聞」應非雙聲詩。此外又論「月影侵簪冷，江光逼履清。」曰：

> 侵字是唇音，簪字是齒音，逼字是唇音，履字是舌音，既非同音字，而逼、履、二字又不同韻，不可謂之疊韻也。

上例亦是從發音部位的考量來為疊韻詩作辨正，這已非唐人的輕重、清濁所能比擬，故和宋人論詩，在字音方面的要求是比唐人來得嚴謹。

2. 詩病觀念方面：唐代《文鏡秘府論》中所提的二十八種病，在宋代詩話中已僅存無幾，除了《詩人玉屑》等少數的論著仍保留了上官儀的「八病」之論外，其他的詩病在宋人詩話中已不見談及，甚至《滄浪詩話》明白地指稱詩病之說為：「弊法不足據也。」這可說是宋人在聲律觀念上的一大突破。

3. 宋人論詩重視詩律，將詩律視為如同法律般嚴不可改，如東坡云：「敢將詩律鬥深嚴」、《唐子西語錄》亦曰：「詩律傷嚴近寡恩」〔註47〕，可是，宋人在承唐遺緒的同時，也欲創造出屬於自己的風格，所以創建出各種打破聲律限制的詩「體」來自圓其說，如「變體詩」、「拗

〔註46〕見《宋人詩話外編‧學林》，國際文化出版，頁489。
〔註47〕見《詩人玉屑》引《唐子西語錄》云，頁174。

句格」、「折腰體」、「江左體」等，皆是具體證明。

　　4. 論鍊字方面：宋人論詩的用字，不僅在字音上較唐人細膩，在字的選擇上，也非常注意，不只主張要一字工，[註48] 更要求精鍊字句，如《詩人玉屑》云：

> 僕嘗請益曰：「下字之法當如何？」公曰：「正如奕棋，三百六十路都有好著，顧臨時如何耳。」僕復請曰：「有二字同意，而用此字則穩，用彼字則不穩，豈牽於平仄聲律乎？」公曰：「固有二字一意，而聲且同，可用此而不可用彼者，選詩云：『庭皋木葉下，雲中辨煙樹。』還可作『庭皋樹葉下，雲中辨煙木。』至此，唯可默曉，未易言傳耳。」[註49]

當有二字同聲且同意時，在詩句中如何決定取此捨彼？如上例句中的「庭皋木葉下，雲中辨煙樹。」亦可作「庭皋樹葉下，雲中辨煙木。」其中「木」與「樹」是聲意皆同，如何安排彼此，需要靠詩人的輕驗，非可言傳，這也是宋人所謂的鍊字工夫。宋人論鍊字，不僅要鍊詩眼字（即五言詩的第三字），甚至要求字字皆鍊 [註50]，這也是宋人比唐人作詩更形嚴謹之處。

　　除了上述幾點外，宋人在整理前人之作與自身經驗之餘，對詩的聲律也有一些貢獻：

　　1. **建立新的詩格名**：雖然宋人論所謂的「折腰體」、「斡旋體」、「琢句法」、「江左體」等，[註51] 皆是以唐人詩作為例，可知這樣的作品在唐代已有，但是在唐人的詩論中並未有固定的名稱，可見，在唐代這些詩例，尚未成一「格式」，而宋人在整理唐人詩作時，將其提出，賦予固定指稱，使其成為詩格之一。

　　2. **確定黏對的格律**：雖然唐代的《文鏡秘府論》中已提出黏對

〔註48〕見《苕溪漁隱叢話》後集，卷九，宋·胡仔著，世界書局出版，頁478。此外，《歷代詩話續編》中的《杜工部草堂詩話》、《優古堂詩話》、《老杜詩評》、《宋人詩話外編·吹劍錄》等，皆有類似的論述。
〔註49〕見《詩人玉屑》「陵陽論下字之法」，頁139。
〔註50〕見本文第三節「宋詩話中的聲律論·三、論字」，頁38～42。
〔註51〕見本文第三節「宋詩話中的聲律論」，頁13～21。

的觀念，但是，據王力《漢語詩律學》、郭玉雯《宋代詩話的詩法研究》及《詩詞曲作法欣賞研究》等，皆認為初唐時，詩人作詩往往不顧黏對（如陳子昂、宋之問、杜審言等人的作品，都多有失黏的例子），而盛唐詩失黏的例子仍多（如王維、杜甫等人，失黏的詩句亦不少），至中唐以後黏對的規矩漸嚴，但是，直到宋代，黏對方成為近體詩中必須遵守之重要聲律法則。〔註 52〕

3. 建立拗句格：詩用拗，雖在杜詩中已有此例，但也只是偶一為之，而且在唐人的詩論中並未論及。然而，宋人不只提出「拗」的名稱，並點出近體詩中，上句拗，則下句亦拗的規律，如《藏海詩話》云：「蓋唐人作拗句，上句既拗，下句亦拗…」〔註 53〕，此即說明，這樣的觀念，是唐人已有的，可是，如前所言，在唐人詩論中著作中，並不曾明確地提出，而是在宋人詩話中方被重視，此也是後來拗救中「對句救」的觀念來源。

二、由明、清詩話看宋人聲律論之影響

在此以明、清詩話中的聲律論和宋人作比較，以明宋人聲律觀對後代的影響。以下分「承」與「變」兩方面論述：

（一）承

明清詩話中承續宋人觀念的有

1. 拗　救

詩用拗體，在唐代即有，如杜甫詩中此種例子極多，但是未有定名，宋人論之，稱為「拗句格」，其方法是「上句拗，下句亦拗」，這是最初的拗救觀念，但是，當時仍未有所謂的「本句自救」法，而且，

〔註 52〕王力《漢語詩律學》，頁 112～113；《詞詞曲作法欣賞研究》，頁 118；郭玉雯《宋代詩話的詩法研究》，頁 395。

〔註 53〕見《歷代詩話續編・藏海詩話》，頁 329。

宋人論詩中其用拗的方式有一句中拗一或二或三個字；一聯中，用拗的地方和字數也不見得相同，只是盡量求平仄字數不致過度懸殊而已。

宋人除了提出初步的「對句救」觀念外，也將此種詩視為變體之一，而在聲律的發展過程中，詩人為求詩中的平仄諧調，不斷地演繹出更多樣、更完備的拗救方法，因為拗有了救，所以詩律的變化也就更多了。

在宋人提出「拗句格」後，一直到清詩話中，才又見到有關拗救的論述，而且，清人對於「拗救」也有了更詳盡、完備的方法：如董文渙《聲調四譜》、王漁洋《律詩定體》〔註54〕、李瑛《詩法易簡錄》〔註55〕等，都有詳細地論說。而董文渙《聲調四譜》中就有「五言律詩拗體圖」〔註56〕，七言律詩中又分「單拗」、「雙拗」、「拗黏」、「拗對」四圖，可以盡拗體之極致，並因此提出「本句自救」、「對句救」等各種「拗救」的方法。

2. 用　字

宋人論詩之用字，已較唐人進步，除了平仄、清濁、輕重外，更論發音部位，明、清人論字音，雖不若宋人般仔細，卻也是十分的重視，如《四溟詩話》卷三曰：

> 予一夕過林太史貞恒館留酌，因談詩法妙在平仄四聲而有清濁抑揚之分。…夫四聲抑揚，不失疾徐之節，惟歌詩者能之，而未知所以妙也。…若夫句分平仄，字關抑揚，近體之法備矣。〔註57〕

清·李重華《貞一齋詩說》亦云：

> 律詩止論平仄，終身不得入門，既講律調，同一仄聲，須細分上去入，應用上聲者，不得誤用去入，反此亦然。就

〔註54〕見清·王漁洋《清詩話·律詩定體》，木鐸出版，頁113。
〔註55〕見清·李瑛《詩法易簡錄》，蘭臺書局，頁154。
〔註56〕見清·董文渙：《聲調四譜》，廣文書局，卷十一「五言律詩拗體圖」，頁421；卷十二「七言律詩之拗體圖」，頁455。
〔註57〕見明·謝榛《歷代詩話續編·四溟詩話》卷三，木鐸出版，頁1186。

平聲中，又須審量陰陽清濁，仄聲亦復如是。〔註58〕

而且，在同義字的使用上，宋人以平穩論，未加以詳細說明，謝榛卻以聲律爲要論曰：

> 凡字異而意同者，不可概而用之，宜分乎彼此，先聲律而
> 後意義，用之中的，尤見精工。然禽不如鳥，翔不如飛，
> 莎不如草，涼不如寒，此皆聲律中之細微。作者審而用之，
> 勿專於意義而忽於聲律也。〔註59〕

由於詩人對於聲律的要求，逐漸大過於詩文的內容，所以，近體詩的寫作，也就愈發地受到詩律的限制，而無法讓詩人暢所欲言，形成詩人逞才的工具了。

3. 重 字

上節曾論，宋人對於詩用重字是很忌諱的，所以東坡作詩用兩「耳」字，也要自注「義不同」。明、清詩人受宋人影響，對於詩用重字，亦視爲詩中之疵，主張避之爲要。如謝榛《四溟詩話》卷四曰：

> 劉禹錫贈白樂天兩聯用兩高字「雪裏高山頭白早。」「于公
> 必有高門慶。」自註曰：「高山本高，高門使之高，二義不
> 同。」自恕如此。兩聯最忌重字，或犯首尾可矣。〔註60〕

又清・薛雪《一瓢詩話》云：

> 一韻幾押，重字疊出，意複辭犯，失黏借起，雖古人亦往
> 往有之。恐是失檢點處，吾人且避之。〔註61〕

可見自宋以來，重字就被詩人視爲詩病之一，不論字意是否相同，皆應儘量避免。

（二）變

明清詩論中與宋人不同的觀點分論如下

〔註58〕見清・李重華《清詩話・貞一齋詩話》，木出版，頁934。
〔註59〕同上卷四，頁1202。
〔註60〕同上卷二，頁1165。
〔註61〕見清・薛雪《清詩話・一瓢詩話》，木鐸出版，頁707。另王壽昌《清詩話續編・小清華園詩談》亦有相關論述，藝文，頁1896。

1. 論平仄譜

近代人作近體詩都知道要按平仄譜寫作，但是，平仄譜在宋代仍未見，論平仄譜最詳盡的是清人董文渙的《聲調四譜》，他在書中論平仄譜的起源曰：

> 五律平仄，人皆之知，初無待論。然其源亦所宜究，否則只知其當然而已。今略論之，其法大抵與五古同出四言。五古於四言中加一字，律詩亦然。但古加平者，律易以仄；古加仄者，律易以平。此即判然古律之界。〔註62〕

以董文渙的說法所歸納出來的五律定式是「平平平仄仄，仄仄仄平平。仄仄平平仄，平平仄仄平」，這個說法與近人王力先生相同〔註63〕。除此之外，王漁洋〔註64〕、冒春榮等，卻提出另一種定式，如《葚原詩說》云：

> 五言排律以聲調為上，先求平仄無訛。如起句以「仄平平仄仄」，對以「平仄仄平平」，下即接「仄仄平平仄，平平仄仄平」。總以句中第二字為紐，首句平，次句仄，三句次字用仄，四句次字又用平，五句次字又接以平接。如此類推，可無失黏之慮。〔註65〕

這所說的是以「仄平平仄仄，平仄仄平平，仄仄平平仄，平平仄仄平」為基本定式。一般我們所熟悉的「平平平仄仄，仄仄仄平平」的句子卻看不到，近人啟功先生以「雙疊」的觀念來論平仄譜〔註66〕，即是承彼等之說。

我們姑且不論到底五律的形成是基於四言或雙疊，為什麼重視詩律的宋人，在眾多的詩話論述中，未曾提及寫作近體詩的重要關鍵「平仄譜」呢？我想主要的原因是：當時雖已有平仄相調的觀念，卻仍未出現固定的譜式。

〔註62〕見清·董文渙《聲調四譜》卷十一，廣文書局，頁415。
〔註63〕見王力：《漢語詩律學》，宏業書局印行，頁18～34。
〔註64〕見清·王漁洋《清詩話·律詩定體》，木鐸出版，頁113。
〔註65〕見清·冒春榮：《清詩話續編·葚原詩說》卷三，藝文印書管，頁1600。
〔註66〕見啟功：《詩文聲律論稿》，明文書局，頁12。

　　在唐人《文鏡秘府論》中所提出的「正律」，其平仄調是以「平平平仄仄，仄仄仄平平，平平仄仄平，仄仄平平仄」這四種句式所組合而成的，而這四種句式，並無規定先後順序，僅以「黏對」原則循環至終，因此，宋人亦承此觀念作詩，在詩話中對於近體詩的聲律論，皆僅就一聯或一句詩中的用字聲律來作討論，而未涉及整個詩的譜式。

　　所以，儘管有人認爲董文渙以四言起源論平仄譜的形成，太過勉強〔註67〕，但是，這四種起自唐代的句式已成爲近體詩之固定格式，其影響遠超過王漁洋等人的主張。

　　由此可見，在平仄律式方面，由宋至清，仍以唐代的平仄律式爲主要依據，雖然宋人以五言詩中第二字側入爲正格，第二字平入爲偏格的看法唐人不同，然而，詩律是在唐確立，故仍以唐律爲主。

2. 一三五不論

　　關於近體詩的平仄格式，相傳有兩句口訣，即「一三五不論，二四六分明」，這兩句訣不知是誰創出來的〔註68〕，在明代詩話中也未見此種言論，清‧游藝《詩法入門》中對此解釋說：

> 一三五不論爲謂詩中第一字、第三字、第五字或當用平，而用仄亦可；或當用仄，而用平亦可，不必拘定。〔註69〕

這裡所說的「一三五」是指七言詩中的第一、第三及第五字，若是五言詩，則只有第一、第三字。另相關的論述有：

（1）王漁洋《律詩定體》〔註70〕

　　「五言平起不入韻」中曰：

> 五律，凡雙句二四應平仄者，第一字必用平，斷不可雜以仄聲，以平平止有二字相連，不可令單也。其二四應平仄者，第一字平仄皆可用，以仄仄仄三字相連，換以平韻無

〔註67〕見東海大學 86 年，陳柏全碩士論文《清代詩話中格律論研究》一文中有詳細論述。頁 6～11，46～47。
〔註68〕見王力《漢語詩律學》，頁 83。
〔註69〕見清‧游藝：《詩法入門》卷一，廣文書局，頁 26。
〔註70〕同註69。

> 妨。大約仄可換平，平斷不可換仄，第三字同此。若單句
> 第一字，可勿論。

又「七言平起不入韻」曰：

> 凡七言第一字，俱不論，第三字與五言第一字同例。凡雙
> 句第三字應仄聲者，可換平聲，應平者不可換仄聲。

依王漁洋的說法，不論五、七言詩，其單句首字皆可不論，而雙句首字及第三字皆是仄可換平，平不可換仄，這是因為「平平止可二字相連，不可令單」的原因，其中並未論及七言第五字。

（2）李瑛《詩法易簡錄》〔註71〕

李瑛的主張大抵和王漁洋同，不過又加了些但書，如「七言律平起式」中曰：

> …唯各句第一字，前人有通可不論之說。查唐人詩間有第二字用單平者，不似五律對句第二字之必不可用單平。

又云：

> 至對句第二字平者，第一字必須用平，以平不可單行故也。出句第二字用平者，第一字可以不拘，以第三聲必係平聲故也。若第二字用仄者，第一字皆可不拘。

又：

> 每聯出句第三字必用平，以出句第五字必仄故也。對句第三字必用仄，以第五定押韻，必係平聲故也。

李瑛和王漁洋同是以「平不可令單」為原則，對句（即偶數句）的限制比出句（即奇數句）嚴格，因為偶數句是韻腳處，亦是詩的重要節奏點，平仄不可輕易，因此五言詩的第三字（七言詩的第五字），平仄是有一定限制的。

（3）劉熙載《詩概》〔註72〕

> 五言第二字與第四字、第三字與第五字，七言第二與第四字、第四與第六字、第五與第七字，平仄相同則音拗，異

〔註71〕見清‧李瑛《詩法易簡錄》，蘭臺書局出版，頁144～155。
〔註72〕見清‧劉熙載：《清詩話續編‧詩概》，木鐸出版，頁2436。

則音諧。講古詩聲調者，類多避諧而取拗，然其間蓋有天
籟，不當止以能拗爲古。

劉熙載此說提出五言第三、第五字（七言第五、第七字）音同則拗，
音異則諧，拗則屬古體，必須諧才是近體，由此知，五言第三字（七
言第五字）平仄是不可不論的。

　　從上面的論述，我們可以看出「一三五不論」這個主張，在清代
是有兩種不同的看法，我們姑且不論誰的主張才是正確的，但是，這
種「一三五不論」的說法，在宋詩話中亦不曾見到討論，爲什麼呢？
原因應是和平仄譜一樣，皆非當時的觀念。

　　首先，我們先論五言詩的第一字。從五言近體詩的四種句式來
看，雖然「平平平仄仄、仄仄仄平平、仄仄平平仄」等三種句式中，
首字的平仄可以不論，但是「平平仄仄平」一式中，首字「平」卻不
可換仄，否則就成了「仄平仄仄平」，犯了孤平大忌，因此，五言詩
的第一字並非皆可不論，而是在一定的限制下，配合文意，可以平仄
互換罷了。

　　另外，五言詩的第五字是一句中的末字，偶數句的末字是韻腳
處，不可不論是必然的，而奇數句的尾字，除首句入韻者可用平聲外，
其他的皆是仄聲，而且爲了協調聲律，奇數句的尾字仍要求以上去入
相間爲要，故第五字不論亦是不正確的。

　　而五言詩的第三字（相當七言詩的第五字），是詩中句眼的位置，
如果在五言詩的四種句式中，把「平平平仄仄」及「仄仄仄平平」兩
句中的第三字之平仄更改，就成了「平平仄仄仄」和「仄仄平平平」
這種「三平調」「三仄調」的句子，這種三平調與三仄調是古體詩的
句式，近體詩是不可以使用的。〔註73〕而且，五言詩中的第三字，是
唐人所謂「腰」的位置，必須要「護」的，〔註74〕除非是基於拗救中

〔註73〕見《詩學理論與詮釋·肆唐宋詩》「庚、一三五不論」，張簡坤明著，
　　　　駱駝出版社，頁230。
〔註74〕見本文第二節「近體詩的聲律·3.調聲之術」，頁17。

的「對句救」，如出句之第三字拗，以對句的第三字救時，其平仄可換外，其他的情形下，五言詩的第三字是不可不論的。

由此可知，「一三五不論」的說法，在唐宋時皆不曾有，也不是唐宋人的觀念，甚至在明代也還沒有。清人有此論點，應是出於誤解，所以也就一直無法達成共識。

3. 古詩聲律論

從上一節的論述中，我們知道在宋人的觀念中，古體詩是不講平仄，只論自然音韻的，可是這種本於自然的看法，在明、清已有了改變，如明‧李東陽《麓堂詩話》曰：

> 古詩與律不同體，必各用其體乃爲合格。然律猶可漸出古意，古不可涉律。〔註75〕

其實，在唐代律詩出現之前，詩人寫作，並無所謂的古、近體之分，更不必爲了區分古、近體詩，而刻意地避開律句，所以，唐前的古體詩中，並不乏有間雜律句者。李東陽此論，已是律詩形成後，詩人爲了別古、近體，而有意地使用與近體不同的句式寫作古體詩，但，這已和宋人所說的「自然」不同了。

清人王漁洋、趙執信等，更進一步地提出古體詩的平仄律，說古體詩是「別律句」之作。其實，當時和王漁洋、趙執信持同一看法的人尙包括朱庭珍《筱園詩話》、梁章鉅《退庵隨筆》等，因爲清人論聲律，無不以王、趙二家爲宗。而董文渙《聲調四譜》更以趙氏《聲調譜》爲本，將古體詩分爲五言古詩十一圖、七言古詩五圖，雖然較王、趙二者來得詳細，但是，這樣的作法，當時翁方綱就頗不以爲然，其在《王文簡古詩平仄論》蘇詩〈送劉道原歸觀南康〉一詩後按語曰〔註76〕：

> 此首内注出云「別律句」者凡六句，其實古人並非有意與律句相別也。且推其本言之：古詩之興也，在律詩之前，

〔註75〕見明‧李東陽《歷代詩話續編‧麓堂詩話》，木鐸出版，頁1369。
〔註76〕見清‧王漁洋：《清詩話‧王文簡古詩平仄論》，木鐸出版，頁229。

雖七言古詩大家多出於唐後，而六朝以上，已具有之，豈
在預知後世有律體，而先爲此體以別之耶？是古詩體無「別
律句」之說審矣。即此卷開首一條云：平韻到底者，斷不
可雜以律句。此語亦似過泥耳。

又云：

古人一篇之中，句句字字皆是一片宮商，未有專舉其一句
以見音節者，則焉有專於某句特有意「別律句」者乎？…
在古人原出以無意，而其實天然之節奏，皆於無意中拍合
之，未有特出有心，別乎律句，以爲古詩者也。

翁方綱認爲，古體詩出現在律詩之前，怎麼可能預知將來會有律
詩的產生，而刻意地避開聲律以與近體詩爲別？「別律句」之說，實
是顛倒了文學發展的前後次序，蓋不足取，亦無足論。

其實，王漁洋等人所論的古體詩，並非眞古體，而是和李東陽說
的一樣，是在律詩產生後，後人爲避聲律之拘，刻意仿古而作，已是
有意地規避聲律，或運律入古，自然與眞正的「古體詩」不同，是不
可與之相提並論的。明、清人對古體詩這樣的誤解，在宋代時，因距
唐盛近體詩未久，對於古、近體詩之分仍很清楚，故無此錯誤。

第五節 小 結

從上面各節的討論，我們可以看出，最早的詩歌節奏是出自於天
然的吟詠，即於唇吻間得之，並無平仄之分，只是自然的和諧。

齊梁時代，韻學興起，詩人們有了四聲的觀念，並從中細求輕重、
清濁，定出平上去入，以此應用在詩歌的創作中，詩律於焉形成。沈
約「四聲八病」說，帶動了詩的律體化，而唐人更致力於製定各種詩
的律式，使詩律成爲一種近於法家的定格。

宋人在承襲唐人作近體詩的同時，一方面遵循詩律的規定創作，
另一方面，爲走出唐人的影響，創作出屬於宋人的風貌，故又極力地
在已成定式的詩律中尋找變體，以破棄聲律爲高，以致對詩的聲律，

形成極寬和極嚴兩種矛盾情形。

　　律詩的創作，自宋而下，聲律觀念似乎又逐漸變得拘謹，各種聲調譜的製作，使詩無法脫離按譜寫作的藩籬。古典詩的創作，從古體到近體，從唐到清，在聲調的要求上，都是由自由而拘束，由求變而復嚴整。目前現代詩不講聲律的特色，也許就是對清代嚴苛詩律的一種求變心態使然吧！

第三章　論迴環之美——韻律

　　中國學者討論詩的節奏，向來分聲、韻兩層來說。聲律的部份在上一章已分析過了，本章以韻為主要的論述內容。古典詩講求押韻，這已是一種人人皆知的「常識」，但是，詩為什麼要押韻？其作用何在？詩律形成前後，韻的功能是否有所改變？唐與宋間的用韻方式是否相同？對後世的影響為何？以上種種皆是本章論述的重點，分析如下。

第一節　韻律的起源和發展

　　在各國的文學作品中，韻律在中國發生最早。流傳至今的古籍大半都有韻，如《吳越春秋》的〈勾踐陽謀外傳〉中所載之〈彈歌〉，從前有人認為這是黃帝時代的歌謠，雖然缺乏足夠的證據，但是，它無疑是一首比較原始的獵歌：

　　　　斷竹，續竹，飛土，逐宍（古肉字，指禽獸）。

此詩逐句押韻。《詩經》是我國第一部詩歌總集，自是押韻。此外，即使記事說理的著作，也有很多押韻的例子，如：

　　　　《書經·大禹謨》：「帝德廣運，乃聖乃神，乃武乃文。皇天眷命，奄有四海，為天下君。」

　　　　《書經·伊訓》：「聖謨洋洋，嘉言孔彰。惟上帝不常，作善降之

百祥，作不善降之百殃。」

《禮記・曲禮》：「前朱鳥而後玄武，左青龍而右白虎。」

《禮記・樂記》：「今夫古樂，進旅退旅，和正以廣。弦匏笙簧，會守拊鼓，始奏以文，復亂以武。」

又曰：「夫古者，天地順而四時當，民有德而五穀昌，疾疢不作而無妖祥，此之謂大當。」

另外，《易經》中〈彖〉、〈象〉、〈雜卦〉諸篇、《老子》、《莊子》中都可見用韻的痕跡。因此，我們可以說「押韻」是中國文學創作中重要的古老而悠久的傳統，其從未間斷過，而且迄今仍爲人們所重視。因此，研究詩律，便不能不說到押韻。

一、韻的作用

押韻，就是在固定的句子的末字使用相同或相近的韻母，利用前後複沓的原理，把易於散漫的音聲，藉著韻的迴響來收束、呼應和貫串，這一呼一應，從而造就出和諧的音律。押韻有何作用？最普遍的說法是「便於記憶」，如章學誠在《文史通義・詩教》中說：

> 演疇皇極，訓詁之韻者也，所以便諷誦，志不忘也。…後世雜藝百家，誦拾數名，率用五言七字，演爲歌謠，咸以便記誦，皆無當于詩人之義也。

但是，除了可方便記憶之外，押韻還有什麼功能呢？爲什麼可以收束散漫的音聲，使其成爲和諧的音律？據葉桂桐《中國詩律學》曰：

> 關於押韻的機制原理，從物理學的角度來看，大概有兩方面的原因造成的：一是語音的留存現象，就是一個聲音發出後，它並不馬上消失，它在空中留存一定的時間，雖然這時間很短暫，但畢竟要留存一段時間；二是聲音的諧振現象或謂之諧音現象，幾個字之間，雖然聲母不同，但由於韻母相同或相近，這在所發生的聲音之中就有部分重合，因此造成一種近於音樂中的「和聲」現象，給人一種諧和的感覺。

從生理的角度來看，先出現的聲音在大腦的聽覺神經系統中，有所留存，它與後出現出的相同或相似的聲音構成「和聲」。

從心理角度講，押韻實際上是種社會現象，即長期的社會實踐，使人們對這種諧和的聲音產生一種美感，因而人們要追求這種美感。〔註1〕

由上面這段話可知，押韻就是把原本鬆散的句子，藉由韻腳相同或相近的字母所產生的「和聲」，而形成一種規律的節奏，發出共鳴，造成段落，這樣的「和聲」，不論從物理學、生理、甚至心理的層面言，皆會令人產生美感，因此曾永義先生說：

它好比貫珠的串子，有了它，才能將顆顆晶瑩溫潤的珍珠，貫穿成一串價值連城的寶物；它又好像竹子的節，將平行的纖維收束成經耐風霜的長竿，而其嬝娜搖曳的清姿，完全依賴那環結的維繫。〔註2〕

綜合以上的說法，我們可以歸納出押韻有三種功用：

1. 便於記憶：藉由句律的重疊，使句子產生規律性，讓人們在吟詠時，因不斷地的重覆，而加深印象，容易記住。

2. 收束字句：押韻是經由韻腳相近或相同的字，使句子形成段落，讓原本鬆散的字，因此有了規律的節奏，不再是單獨的字，而成為豐富的旋律。

3. 產生美感：因為聲音諧振現象所產生的句律重疊，使句子形成如音樂般地「和聲」，這種「和聲」會使人不論生理或心理，自然地感到和諧，而產生美感。

二、韻律的發展

根據王力先生在《漢語詩律學》中，將用韻標準分為三個階段，

〔註1〕見葉桂桐：《中國詩律學》第二章〈押韻論〉，文津出版，頁43～44。
〔註2〕見曾永義：〈舊詩的體製規律及其原理〉，《國文天地》75年7～8月，頁57。

分別是：（一）、第一期：唐代以前。此時期中的用韻標準最寬，完全是依照口語押韻。（二）、第二期：唐以後至五四運動以前。此時期是創作近體詩為主，近體詩的特色是講求格律，所以在用韻上也以韻書為準。（三）、第三期：五四運動以後。除了古典詩仍採第二期的用韻標準外，此時期流行的是「新詩」，特色是講求自然，在寫作上首先即是要擺脫韻書的束縛，用韻又回到第一期的以口語為準。

　　由王力先生所分的韻律三期，我們可以發現，最早的韻律，是隨著音樂、歌舞的律動，自然產生，人們以口語來判別押韻與否，其目的是為了產生使人感到和諧的節奏。但是，相對地，因為用韻是如此地自由，以致造成南言北語，無法統一，作品的共鳴性也因此降低，詩人們不得不設法為用韻設立一個標準，用韻也就進入了第二期；到了唐代，詩人們大量地創作講求「格律」的近體詩，作詩押韻，成為必備的要素，而韻書的產生，也讓用韻有了一定的依據，文人為求競能逞才，嚴格地限制了用韻的標準和方法，使韻律由自然進入人工，而人為刻意地矯作，也造成詩人創作上極大的限制，所以到了民國以後，新體詩便以打破限制為出發點，一切以自然為主，韻律又回歸到第一期的方式。

　　但是，凡事過與不及都是不好的，作詩為文亦然。雖然第二期的韻律對文人限制太多，造成詩作與「抒情寫志」的本意相違，成為競騁文采的工具。可是，過度的放縱自由，卻也會使詩因缺乏韻律而失去令人和諧的節奏感，或是，因為人人皆「我筆寫我口」，以致南音北語，無法溝通，這些都不是好現象。

　　所以，我們必須肯定，作詩用韻除了自然的因素外，另有其存在之必須性，而我們在為新體詩尋找新的用韻標準前，本文欲以宋人詩話中的韻律觀為主，和唐人的韻律觀作一比較，以明所謂古典詩的韻律是如何發展，有何演進？期望能釐清古人用韻的方式，以為新方向的參考。

第二節　唐人論韻律

　　《詩經》是我國最早的一部詩歌總集，它包含了各種的用韻方式，有逐句押韻的、隔句押韻的、整首詩用同一韻的、也有轉韻的，也有用交錯韻的，種類繁多，而後代用韻也大多脫離不了這些範圍。〔註3〕

　　在唐代近體詩中，隔句押韻（即偶數句押韻），且限押平聲韻已成為固定的格式，而且，在唐人有關詩論的著作中，很少發現韻律的討論，或許因為作詩押韻是一種由來已久的習慣，且有固定的方法，所以並不須要特別去討論它。在我檢閱唐人詩論中，惟有《文鏡秘府論》中將用韻的方法分為八種〔註4〕，依古、近體詩的不同用韻方法略述如下：

（一）近體詩

　　雖然唐代近體詩的用韻以隔句押韻，一韻到底為原則，但是仍有一些變化，如「連韻」、「疊連韻」、「重字韻」、「同音韻」、等，皆是從近體詩固定的格式中所發展出來的：

　　1. **連韻**：即是指近體詩中首句也押韻。在近體詩中，偶數句押韻，而奇數句不押韻是基本規定，但是，其中首句是可以例外的。首句可用韻亦可不用韻，若首句用韻者，即稱為「連韻」。如李白〈靜夜思〉詩曰：

　　　床前明月光，疑是地上霜，舉頭望明月，低頭思故鄉。

此詩第五字是「光」，為平聲「唐」韻。第十字是「霜」，是平聲「陽」韻，其中唐、陽二韻可通韻，視同一韻，則此詩的首句亦押韻，這樣的用韻方式即為「連韻」。《文鏡》稱此種用韻法為「佳也」。

　　2. **疊連韻**：「疊連韻」者，顧名思義即是首句用韻，且第一、第

〔註3〕江永在《古韻標準》一書中，統計了《詩經》的用韻方法有數十種之多，包括了連句韻、間句韻、一音一韻、一章易韻、隔韻…等，舉例甚多，可為參考。

〔註4〕見《文鏡秘府論校注》，頁72～78。

二句句尾是疊韻字，如詩曰：

> 羈客意盤桓，淚流下闌干。雖對琴觴樂，煩情仍未歡。

此詩中「盤桓」二字皆爲平聲，「寒」韻；「闌干」二字亦皆爲平聲，「寒」韻，此爲疊韻對疊韻，且皆是同韻字，故曰：「疊連韻」。

3. 重字韻：重，即複也，重字韻，就是以兩個相同的字爲韻也，但因無「連」字，故所論並不拘於首二句。如杜甫〈秋興八首〉之二曰：

> 千家山郭靜朝暉，日日江樓坐翠微。信宿漁人還汎汎，清
> 秋燕子故飛飛。匡衡抗疏功名薄，劉向傳經心事違。同學
> 少年多不賤，五陵衣馬自輕肥。

此詩中的三、四句尾皆是重字，但「汎汎」不是韻腳處，不押韻，故所論的乃是指「飛飛」二字。《文鏡》對重字的主張亦是「上句安之，下句亦安」，此謂「重字韻」。

4. 同音韻：「同音韻」是指在詩中的韻腳處用了兩個同音的字，但是二者僅是音同，字形和字義皆不同。如王維〈山居秋暝〉詩曰：

> 空山新雨後，天氣晚來秋。明月松間照，清泉石上流。竹
> 喧歸浣女，蓮動下漁舟。隨意春芳歇，王孫自可留。

其中「流」、「留」皆爲平聲，尤韻，兩字音同，但字形、字義都不同，《文鏡》稱此爲「無妨」。而由此「無妨」二字，我們亦可推論，若字形、音、義皆同，就成了重韻，重韻屬古體詩的用韻法，近體詩中則不可矣。

5. 交鑠韻：「交鑠韻」是指除偶數句用韻外，奇數句的尾字亦用別韻交於其中。如王昌齡〈秋興〉詩云：

> 日暮此西堂，涼風洗修木。著書在南窗，門館常肅肅。苔
> 草彌古亭，視聽轉幽獨。或問余所營，刈黍就空谷。

此詩每句的韻腳分別是：「木」、「肅」、「獨」、「谷」，皆爲入聲，屋韻。而奇數句的末字則分別是：「堂」平聲，陽韻；「窗」平聲，江韻，二者可通，視爲一韻。「亭」平聲，青韻；「營」平聲庚韻，二者亦通用，可視同一韻。故其除韻腳外，奇數句亦復各自爲韻，交鑠其中，故稱

之爲「交鑠韻」。

（二）古體詩

　　古體詩的用韻本來是出於自然，且以口語爲押韻標準的，但是，唐代自從近體詩大盛後，詩人在創作古體詩時，往往把創作近體詩的習慣帶入古體詩中，形成了唐代有許多「運律入古」的「假古體詩」﹝註5﹞，這些古體詩當然已非眞正的古體詩了。而唐人在此也對古體詩韻律提出了幾種運用方式，如「疊韻」、「轉韻」及「擲韻」：

　　1. **疊韻**：這裡所說的「疊韻」與近體詩的「疊連韻」並不相同，「疊韻」是指在韻腳處使用兩個同韻字即是也。如詩曰：

　　　　看河水漠瀝，望野草蒼黃。露停君子樹，霜宿女性薑。

此詩第二句的韻腳處之「蒼黃」二字皆爲平聲「陽」韻，即爲「疊韻」。

　　2. **轉韻**：近體詩的規定是必須「一韻到底」，所以不可以換韻，但是古體詩就沒有這個限制，所以比近體詩有更多的變化，如李白〈贈友三首〉之一曰：

　　　　蘭生不當門，別是閑田草。凤被霜露欺，紅榮已先老。
　　　　謬接瑤花枝，結根君王池。顧無馨香美，叨沐清風吹。
　　　　餘芳若可佩，卒歲長相隨。

這首詩的韻腳分別是：「草」上聲，皓韻；「老」上聲，皓韻；「池」平聲，支韻；「吹」平聲，支韻；「隨」平聲，支韻。亦即，此詩中，前四句押仄聲「皓」韻，後六句押平聲「支」韻，其中「皓」與「支」二韻是不可通韻的，這種皓韻轉用支韻的方式即稱「轉韻」。

　　3. **擲韻**：其實「擲韻」亦是轉韻的一種。《文鏡秘府論箋》云：

﹝註5﹞ 所謂「運律入古」的古體詩如：《白氏長慶集》卷三十四〈奉和裴令公三月上巳日遊太原龍泉憶去歲禊洛見示之作〉，此詩是六、七雜言詩，按分類應屬七言古體，但此詩一韻到底，且有大量的對仗；又如卷十九〈代謝好答崔員外〉詩，此詩是純七言詩，首句入韻，且亦有對仗，除第四、五句失黏外，其餘皆合近體詩之平仄譜。諸如此類的古體詩，皆是運律入古的古體詩，此稱「假古體詩」，因爲與唐之前的眞正古體詩（眞古體詩）已不相同了。

「擲韻者，每句換韻，棄擲前韻而不用，是一格也。」〔註6〕如詩曰：

> 不知羞，不敢留。集麗城，夜啼聲。
>
> 出長安，過上蘭。指揚都，越江湖。
>
> 念邯鄲，忘朝殯。但好去，莫相慮。

此詩的韻腳分別爲：「留」平聲，尤韻；「聲」平聲，庚韻；「蘭」平聲，寒韻；「湖」平聲，虞韻；「殯」平聲，寒韻；「虞」去聲，御韻。每個韻腳皆非同一韻部的字，這種每種韻只用一次即換韻的韻方式即稱「擲韻」。〔註7〕

其實，在唐人古風的用韻法裡，這種逐句用韻，兩句一換的方式，又稱爲「促韻」，若是用在首四句，就稱「促起式」；如果用在後四句，就是「促收式」。〔註8〕

從《文鏡秘府論》所舉的這些用韻方式外，我們可以發現，近體詩雖然在用韻上有一定的限制，但是，唐人仍盡力從中求取些變化，以活潑詩文；而唐人在古體詩的用韻上，則多用古體詩可轉韻的特色，來創造其多樣的風貌。我們將以上的論述歸納如下，以窺唐人用韻的觀點：

1. 近體詩除偶數句必須押韻外，第一句可押韻亦可不押韻，若押韻則爲「連韻」。

2. 疊韻字用以爲韻時，若上句用疊韻，下句亦用疊韻稱「疊連韻」，否則只是「疊韻」。但是，在《文鏡》中曰：

   上句若有重字、雙聲、疊韻，下句亦然。上句偏安，下句不安，即爲犯病。〔註9〕

   所以，在古體詩中方有疊韻，而近體詩應是使用疊連韻。然

〔註6〕見《文鏡秘府論校注》，頁76，註1。

〔註7〕《文鏡秘府論校注》，頁76之註5，引任學良曰：「…案皆六字一意，分之實爲三言，每字用韻，六字一換，即一韻用之，則擲而不用。此種例不多見。」

〔註8〕見王力《漢語詩律學》，第二十六節「古體詩的用韻（下）－轉韻」，宏業書局，頁351。

〔註9〕見《文鏡秘府論校注・二十九種對》，頁281。

而，當我們從唐人近體詩的實際的作品來觀察，卻可以發現，唐人對於雙聲、疊韻的使用方式，多以上句雙聲，則下句疊韻；或是上句疊韻，則下句雙聲，絕少同位置的地方以兩疊韻相對的，可見，《文鏡》所論的，並不完全符合唐詩的實際情形。

3. 詩中使用不同韻部的字爲韻腳，稱爲「轉韻」，轉韻僅限於古體詩中可用，方式以平仄互轉爲要。近體詩仍以一韻到底爲原則，不可轉韻。而詩人爲在近體詩刻板的格律中求取變化，將韻書中注明「可通」之韻部，皆視爲「一韻」，即是通韻。

4. 在唐人的觀念裡，詩句中，應避免使用同音韻的字，否則即爲犯病，但是，若二字音同，但字形、字義皆別，且是句尾字，則不妨。這也就是說，除重字韻與疊連韻外，唐人是忌諱用重字的，除非二者除音同外，並無相近處，方可用之。否則就成了重韻，重韻是古體詩的用法，近體詩中不可用。

5. **擲韻、交鏁韻**雖運用韻律的變化使聲律更活潑多樣，但是，**擲韻**本身屬轉韻之一種，不符近體詩的韻律，故《文鏡》稱「今人少用」。而交鏁韻則是在不違反近體詩律的原則下，在奇數句，原可不押韻的位置作特殊的安排，一方面可使詩律更精緻，另一方面亦符合詩之韻律，然而，這樣刻意地安排韻律，雖可顯現詩人的文采、巧思，卻也流於矯作，與韻律的產生原則相背，不過，由此也可看出唐人在韻律上力求精緻和多樣的努力。

第三節　宋人論韻律

和唐人相比，宋人對韻律方面的研究較爲重視，有關運韻律的討論，在宋人詩話中相當多，但頗爲零碎，這與宋詩話是以條列式的寫作習慣有關，經逐條析出整理後，大致分論如下：

一、用韻的觀念

（一）近體詩的用韻

詩是講究聲律的，但若只是一味地追求聲律之美，卻又與「詩言志」的本質相失，因此，最佳的情形是能夠達到聲情合一的境界，如此一來，聲律就能顯出意義。宋人承唐以近體詩之創作為主，而近體詩的特色即是講求格律，學者初學作詩時，必須先求其合律，步步經營，久之既熟，方能像工匠習藝，由規矩而至方圓，以達心律合一。

詩律中最基本的格式是「押韻」，能工於用韻，則詩律便已掌握一半，因此，宋人對於用韻的要求便十分嚴格，如《韻語陽秋》曰：

> 《劉禹錫嘉話》云：「作詩押韻須要有出處。近欲押一餳字，六經中無此字，惟《周禮》吹簫處注有此一字，終不敢押。」余按禹錫〈歷陽書事詩〉云：「湖魚香勝肉，官酒重於餳。」則何嘗按六經所出耶？《洛陽伽藍記》載：「河東人劉白墮善釀酒，盛暑曝之日中，經旬不壞，當時謂矣崔觴。」白墮乃人名。子瞻詩云：「獨看紅渠傾白墮」。《石林避暑錄》云：「若以白墮為酒，則醋浸曹公、湯煮右軍可也。」余按《文選》魏武帝〈短歌行〉云：「何以解憂？惟有杜康。」康亦作酒人，而《選》詩遂以為酒用，東坡豈祖是耶？〔註10〕

用韻不僅要合律，且對於韻腳字要求要有來歷，若非前有所本，則不敢率爾為之，這樣的態度，當對詩人用韻造成很大的限制，也未必是人人能做得到的，若一味地要求韻工，則難免落於「趁韻」〔註11〕，如《詩人玉屑》曰：

> 前史稱王筠善押強韻。固是詩家要處，然人貪於捉對，用事往往多有趁韻之失，退之筆力雄贍，務以詞采憑陵一時，故間亦不免此患，如〈和席八〉；「絳闕銀河曉，東風右掖春」，詩終編皆敘西垣事，然其一聯云：「傍砌看紅藥，巡

〔註10〕見宋・葛立方著，何文煥編：《歷代詩話・韻語陽秋》卷五，頁319。
〔註11〕趁，即追、逐之意，趁韻，就是指詩人為求押韻合律，而枉顧文意，只為湊韻而作。

池詠白蘋。」事除柳惲外，別無出處，若是用此，則於前
後詩意無相干，且趁「蘋」字韻而已。然則人亦有事非當
用，而鑪錘驅駕，若出自然者。杜子美〈收京詩〉以「櫻
桃」對「枇杜」，薦櫻桃事，初若不類，及其云：「賞應歌
枇杜，歸及薦櫻桃。」則渾然天成，略不見牽強之跡，如
此乃為工耳。〔註12〕

　　詩以意為主，若是只為了押韻而造成詩的文意不相連貫，或是雕
琢太過，都有損詩格，只是近體詩興起後，押韻是詩的基本條件，詩
人為在平凡中見巧思，難免會有此缺失，即使如退之皆不能免。所以
《滄浪詩話》主張：

押韻不必有出處，用字不必拘來歷。〔註13〕

其實，退之詩用韻仍有其巧妙處，如《竹莊詩話》曰：

《歐公詩話》云：「退之才力無施不可，以詩為文章末事，
其詩曰：『多情懷酒伴，餘事作詩人。』然其發談笑、助諧
謔、敘人情、狀物態，一寓於詩，而曲盡其妙，此在雄文大
手固不足言，而余獨愛其工於用韻。蓋得韻寬，則波瀾橫溢，
泛入傍韻，合離、出入回合，殆不拘以常格，如〈此日足可
惜〉之類是也；得韻窄，則不復傍出，而因見其巧，愈險愈
奇，如〈病中贈張十八〉之類是也。余嘗與聖俞語此，以謂
譬諸善馭良馬者，通衢廣陌，縱橫馳逐，惟意所之。至於曲
水蟻封，疾徐中節，而不蹉跌，乃天下至工也。聖俞戲曰：
『前史言退之為人木強，若寬韻自足，而傍出，窄韻難獨用，
而拗反不出，非強而然歟？』坐客笑。」〔註14〕

因退之將詩看成是文章末事，故其作詩能曲盡人情、物態，但是，其
詩以奇詭冷僻著稱，所以在用韻上也喜異於常格，如在用寬韻時，因
字多本可自足，他卻偏要泛入傍韻；遇到險韻，字少而難表現時，他
就偏不傍出，以顯己之才雄文厚。歐陽修之所以稱其「用韻之工」，

〔註12〕見《詩人玉屑》，頁 160。
〔註13〕見宋‧嚴羽著，郭紹虞校釋：《滄浪詩話校釋》，頁 116。
〔註14〕見宋‧何汶：《竹莊詩話》，頁 137。

應不是盛讚其特意獨行的用韻方式，而是因應上所言，宋人在用韻時，有時因過於拘謹，而對文思造成太多的限制，故歐公認為退之在用韻上能隨意馳騁，不受常格所侷束，但出入回合皆能將情思、物態表現得淋漓盡致，有如善馭良駒者，能夠因應自然環境的不同，廣衢縱橫，曲蟻而不蹉跌，更重要的是能「疾徐中節」。他不論用寬韻、窄韻，泛入或獨用，皆能夠符合音律，這才是詩講究聲律的最高原則，所以，即使退之用韻不合常格，歐公仍稱他「用韻工」。

其實，除了歐陽修對過於嚴格的用韻方式不以為然外，當時也有人提出近似的論點，如《王直方詩話》云：

陳君節，字明信。言煉句不如煉韻。余以為，若只覓好韻，則失於首尾不相貫穿。〔註15〕

又《藏海詩話》曰：

和平常韻要奇特押之，則不與眾人同。如險韻，當要穩順押之方妙。〔註16〕

宋人對於近體詩的用韻似乎採極嚴和極寬兩種全然不同的主張，其實，詩韻的重要功能是增加詩的音樂性和節奏感，使其更富和諧之美，因此，若只一味地尋覓好韻，卻忽略了詩文本身所要傳達的意思，或是一味地避於韻律，那麼，用韻就失去為詩律增添和諧美感與音樂性的重要功用了。

總之，凡事與過不及皆是病，故不論是用何種韻，落於俗套或過於奇矯都不佳，應以穩當而不流俗為要。但是，要如何才能做到呢？答案是：多讀書。如《彥周詩話》云：

作詩壓韻是一巧。中秋夜〈月詩〉押尖字韻，數首之後，一婦人詩云：「蚌胎光透殼，犀角暈盈尖。」又記人作〈七夕詩〉押潘尼字，眾人竟和，無成詩者。僕時不曾賦，後因讀藏經，呼喜鵲為芻尼，乃知讀書不厭多。〔註17〕

〔註15〕見宋・王直方著，郭紹虞輯：《宋詩話輯佚・王直方詩話》，頁69。
〔註16〕見宋・吳可著，丁福保輯：《歷代詩話續編・藏海詩話》，頁330。
〔註17〕見宋・許顗著，何文煥編：《歷代詩話・彥周詩話》，頁226。

押韻是作詩的一大技巧，尤其是押一些儉僻字，如尖、潘、尼等，並不一定只憑巧思就可勝任，務必要博通經史典籍，旁及藏經者，方可使腹笥甚多，臨文欲用，才會左右逢源，不致窘困。

（二）古體詩的用韻

宋人論古體詩的用韻標準，有兩種不同的看法，一是採「自然如此」為原則，如《朱子語類》云：

> 詩之音韻，是自然如此，這個與天通。古人音韻寬，後人
> 分得密後隔開了。〔註18〕

而《西清詩話》與《蔡寬夫詩話》亦曰：

> 秦漢以前，字書未備，既多假借，而音無反切，平側皆通。
>
> 〔註19〕

這類的主張指古體詩的用韻是隨聲取協，平側皆通，乃基於自然而形成的，並無所謂的用韻「標準」。

第二類的主張卻截然不同，認為古體詩的用韻仍然要以「一韻到底」為原則，如《苕溪漁隱叢話》引《緗素雜記》云：

> 《緗素雜記》云，世俗相傳，古詩不必拘於用韻，余謂不
> 然，如杜少陵〈早發射洪縣南途中作及字韻詩〉，皆用緝字
> 一韻，未嘗用外韻也，及觀東坡與陳季常〈汁字韻〉一篇
> 詩，而用六韻，殊與老杜異，其他側韻詩多如此，以其名
> 重當世，無敢訾議，至荊公則無是弊矣，其〈得子固書因
> 寄以及字韻詩〉，其一篇中押數韻，亦止用緝字一韻，他皆
> 類此，正與老杜合。〔註20〕

按黃朝英的說法是指古體詩的用韻仍和近體詩一般，必須受到韻書的限制，不可用外韻。方深道的《老杜詩評》亦持相同的看法。〔註21〕

〔註18〕見《宋人詩話外編‧朱子語類》，頁976。

〔註19〕見《宋詩話輯佚‧西清詩話》，頁368；《詩人玉屑》引《學林新編》
　　　云，頁159。

〔註20〕見《宋人詩話外編‧緗素雜記》，頁297。

〔註21〕見方深道《老杜詩評》卷五，四庫全書存目詩文評類，莊嚴文化，
　　　頁711。

當然，這樣的主張是絕對不正確的，〔註22〕，所以，雖然舉老杜詩爲證，在當時，卻仍受到相當地反對，如《苕溪漁隱叢話》、《詩人玉屑》皆曰：

> …黃朝英之語非也。老杜側韻詩何嘗不用外韻，如〈戲呈二十一曹長末字韻〉，一篇而用五韻；〈南池谷字韻〉，一篇而用四韻；〈客堂蜀字韻〉，一篇詩而用三韻，此特舉其二、三耳，其他如此甚眾。…六一居士云，韓退之工於用韻，其得韻寬則波瀾橫溢，泛之傍韻…得韻窄則不復傍出，而因難以見巧，…且退之於用韻猶能如此，孰謂老杜反不能之！是又非黃所能知也。〔註23〕

胡仔與魏慶之雖然不讚成古體詩的用韻不可出韻，但是，仍以祖述前人爲要，並以老杜、退之等人的用韻方式爲仿效的標準，視得韻之寬、窄來變化用韻。這類的主張與近體詩用韻講究「必須有來歷」是相同的。

為何宋人對於古體詩的用韻會有兩種極端不同的看法呢？主要是，自唐律興起後，古體詩也有了所謂的「眞古體」與「假古體」的差別，「眞古體」是指唐律成前的古體詩，當時文人寫作並無韻書，詩人用韻，以自然的口語爲準，並無限韻或出韻的觀念，故平仄通押，這也就是第一類的主張。

「假古體」是指唐代律詩形成後，詩人用韻有了一定的標準，在寫作古體詩時，往往會不自覺得將近體詩用韻的習慣帶入古體詩中，形成運律入古的情形，使古、近體詩的用韻變成一致。或是，在刻意

〔註22〕黃朝英和方聲道皆主張古體詩的用韻仍與近體詩般，不可用「外韻」，可是，在唐代律詩確立前，古體詩並無固定的「詩律」可供依循，且，在韻書產生之前的古體詩，其用韻以口語爲準，平仄通押，何來「外韻」之謂，所以他們二者的主張是絕對不正確的。若以老杜及荊公之古體爲例，則所論的古體已是唐律詩興起後，詩人以近體詩的用韻方式創作之古體詩，屬「運律入古」之古體，非唐律興起前的眞正古體詩之原貌了。

〔註23〕見《苕溪漁隱叢話》前集，卷三十八，頁257；《詩人玉屑》，頁161。

區分古、近體詩的原則下，故意避開近體詩用韻的原則，在寬韻時泛入傍韻，窄韻反不出韻，這皆是人為的運作，已非自然地形成，也就是第二種主張的來源。

二、用韻的方法

（一）近體詩的用韻

宋人在近體詩的用韻上，大致秉持著唐人限押平聲韻、且須「一韻」到底，偶數句用韻的觀念。然而在運用的方法與形式上，卻有了更多的變化：

1.通　韻

古體詩是以口語為用韻的標的，有通韻的現象是一定的。但是，近體詩用韻是以一韻到底為原則，因此，這裡所說的「一韻」，是指使用同一韻部的字，然而，前面說過，吟誦也是表現詩的重要手法，故，有時為因應實際口語的現象，而有將不同韻部的字混合押韻的情形，即是所謂的「通韻」。

通韻並不是任由詩人隨意混用的，而是在韻書中註明「同用」者，方可互用。但是，有些通韻的詩，仍然被某些詩人認為是不合格律的「落韻詩」，如《苕溪漁隱叢話》云：

苕溪漁隱曰：「裴虔餘云：『滿額鵝黃金縷衣，翠翹浮動玉釵垂。從教水淺羅襦濕，疑是巫山行雨歸。』《廣韻》、《集韻》、《韻略》垂與歸皆不同韻，此詩為落韻矣，…又《學林新編》謂字有通作他聲押韻者，泛引詩及《文選》古詩為證，殊不知《蔡寬夫詩話》嘗云：『秦漢以前字書未備，既多假借，而音無反切，平仄皆通用。自齊梁後，既拘以四聲，又限以音韻，故士率以偶麗聲調為工。』然則字通作他聲押韻，於古詩則可，若於律詩，誠不當如此。余謂裴虔餘之詩落韻，又本此耳。」〔註24〕

〔註24〕見《苕溪漁隱叢話》後集，卷十八，頁540。

在上列裴虔餘詩中的韻腳分別是「垂」，平聲，支韻；「歸」，平聲，微韻。在《廣韻》中雖在「支」韻下注「脂之同用」；「微」韻下注「獨用」，但是，在實際的使用狀況卻常見支、脂、之、微四韻相互通用的情形，例如：

    楊正倫：〈華清宮〉→妃（微）、時（之）、移（支）

    楊　億：〈七夕〉→飛（微）、垂（支）、期（之）、遲（脂）、枝
        （支）

    王安石：〈夢張劍州〉→歸（微）、悲（脂）、時（之）、疑（之）、
        思（之）

    張元幹：〈次趙次張〉→歸（微）、規（支）、旗（之）、眉（脂）、
        移（支）

    曾　惇：〈次韻景伯〉→飛（微）、遲（脂）、期（之）、奇（支）、
        詩（之）

    楊萬里：〈聞子規〉→奇（支）、規（支）、時（之）、悲（脂）、
        歸（微）

    黃公度：〈悲秋〉→扉（微）、時（之）、垂（支）、知（支）、悲
        （脂）

    陸　游：〈初發建安〉→歸（微）、時（之）、悲（脂）、詩（之）、
        期（之）

    惠　洪：〈石臺夜坐〉→稀（微）、誰（脂）、時（之）、知（支）、
        詩（之）

    文天祥：〈感懷之二〉→飛（微）、支（支）、碑（支）、知（支）、
        屍（脂）

在宋詩中此四韻合用的情形相當多，〔註25〕因此，胡仔以韻書為限，論此詩是落韻詩，便是典型地侷限韻書，沒有考慮實際狀況的例子。

〔註25〕見耿志堅《宋代律體詩用韻之研究》，67 年政大碩士論文，頁 16～
     21。

此外，有關通韻的論述，如《學林新編》曰：

> 小說《冷齋夜話》曰：「杜子美〈彭衙行〉押二餐字韻。」
> 觀國按：〈彭衙行〉曰：「小兒強解事，故索苦李餐。」又
> 曰：「眾雛爛漫睡，喚起沾盤飧。」然則子美押餐、飧二字，
> 音義不同，小說誤矣。…按《廣韻》上平聲二十三魂字部
> 中有飧字，二十五寒字部中有餐字，子美〈彭衙行〉于兩
> 部中通押，蓋唐人詩文用韻如此。本朝始令禮部撮《廣韻》
> 之要略者，使學者用之，而限獨用、同用之文，故如餐、
> 飧二字不得同韻而押矣。〔註26〕

其實，《廣韻》二十三魂韻，在平水韻中已併入十三元韻，子美〈彭
衙行〉中真、文、元、寒、刪、先六個韻通押，蓋此六韻俱是收n尾
的陽聲韻，唐人古風視為一韻用之。由此可知，宋人用韻似較唐人更
為嚴格，在唐代視同「一韻」的字，到宋代卻產生了分歧的看法。這
樣嚴格的規定，當然也增加詩人創作的難度，故楊萬里等人主張除參
加科舉外，平日吟詠情性，不妨放寬限制，如《鶴林玉露》云：

> 楊誠齋云，今之禮部韻乃是限制士子程文不許出韻，因難以
> 見其工耳。至於吟詠情性，當以國風、離騷為法，又奚禮部
> 韻拘哉？魏鶴山亦云，除科舉之外，閒常之詩，不必一一以
> 韻為較，況今所較者，特禮部韻耳。此只是魏晉以來之韻，
> 唐以來之法，若據古音，則今麻、馬等韻元無之，歌字韻與
> 之字韻通，豪字韻與蕭字韻通，言之及此，方是經雅。〔註27〕

的確，詩的本意是在吟詠情性，雖然唐、宋時期皆因以詩取士，
必須訂定用韻標準作為評定甲乙的依據，不過，除此之外，詩人作詩，
實在沒有必要太過侷限韻書，畢竟詩文若不能明確、精準地將詩人的
情思心緒傳達出來，那創作就失去意義了。

2. 葫蘆韻、轆轤韻、進退韻

《湘素雜記》云：「鄭谷與僧齊己、黃損等，共定今體詩格

〔註26〕見宋・王觀國著，程毅中編：《宋人詩話外編上・學林新編》，頁481。
〔註27〕見宋・羅大經：《稗海・鶴林玉露》卷六，頁2158。

云：『凡詩用韻有數格，一曰葫蘆，一曰轆轤，一曰進退。
葫蘆韻者，先二後四；轆轤者，雙出雙入；進退韻者，一
進一退。失此則謬矣。』余按《倦遊錄》載：『唐介為台官，
廷疏宰相之失，仁廟怒，謫英州別駕，朝中士大夫以詩送
行者頗眾，獨李師中待制一篇，為人傳誦云云，此正所謂
進退謫格也。』余按《韻略》，難字第二十五，山字第二十
七，寒字又在二十五，而還字又在二十七。一進一退，誠
合體格，豈率爾而為之哉？近閱《冷齋夜話》載當時唐李
對答語言，乃以此為落韻詩，蓋渠但不見鄭谷所定詩格有
進退之說，而妄為云云也。」（《竹莊詩話》）〔註28〕

這裡所說的葫蘆韻、轆轤韻、進退韻皆是唐人所定的詩格，雖然在唐
人的詩中可以發現這類的作品，但是卻不見載於唐代的詩論中，甚至
在王力的《漢語詩律學》一書，亦將此三類併為落韻詩，抑或古風式
的律詩〔註29〕，然而，這應是詩人太侷限於近體詩必須「一韻到底」
的規定所致，我們不可否定此三種用韻方式的存在，現分述如下：

（1）**葫蘆韻**：即首二句用一韻，後八句用一韻，形成前二後四，
如葫蘆之形，故名之曰「葫蘆韻」。如王力《漢語詩律學》：

李商隱〈茂陵〉曰：

漢家天馬出蒲梢，苜蓿榴花遍近郊。
內苑只知含鳳嘴，屬車無復插雞翹。
玉桃偷得憐方朔，金屋妝成貯阿嬌。
誰料蘇卿老歸國，茂陵松柏雨蕭蕭。〔註30〕

此詩的韻腳為：梢、郊→平聲肴韻；翹、嬌、蕭→平聲蕭韻。雖不是
正統的前二後四，但其前二韻用肴韻，後三韻蕭韻，形成前小後大，
亦似葫蘆韻。

（2）**轆轤韻**：即雙出雙入者，如《瓮牖閑評》曰：

〔註28〕因黃朝英《緗素雜記》一書今已不傳，故此為何汶《竹莊詩話》，頁
320。
〔註29〕見王力：《漢語詩律學》，宏業書局印行，頁48～49。
〔註30〕同上。頁48。

黃太史〈謝送宣城筆〉詩云：

宣城變樣蹲雞距，諸葛名家捉鼠鬚。

一束喜得公處得，千金求賣市中無。

漫投墨客摹科斗，勝與朱門飽蠹魚。

愧我初非草玄手，不將閑寫吏文書。

世多病此詩既押十虞韻，魚、虞不通押，殆落韻也。殊不知
此乃古人詩格。…今此詩前二韻押十虞字，後二韻押九魚字，
而雙出雙入，得非所謂轆轤韻乎？非太史之誤也。〔註31〕

這首詩的韻腳分別為：鬚、無→十虞韻；魚、書→九魚韻，所謂的「雙
出雙入」即指八句用兩韻，其中四句換一韻，為隔句押韻的形式。

（3）進退韻：一進一退曰：「進退韻」，如《苕溪漁隱叢話》載
李師中待制送唐介詩云：

孤忠自許眾不與，獨立所敢人所難。

去國一身輕似葉，高名千古重於山。

並遊英俊顏何厚，未死姦諛骨已寒。

天為吾君扶社稷，肯教夫子不生還。〔註32〕

此詩的韻腳為：難→平聲寒韻；山→平聲山韻；寒→平聲寒韻；還→
平聲刪韻（刪、山同用）。此為一進一退，所以稱進退韻。又如子蒼
五言八句近體詩亦用此格為詩云：

盜賊尤如此，蒼生困未蘇。

今年起安石，不用笑包胥。

子去朝行在，人應問老夫。

髭鬚衰白盡，瘦地日攜鋤。〔註33〕

其中蘇、夫二者押十虞字韻；胥、鋤押九魚字韻，此亦是一進一退之
一格，亦為「進退韻」。

3. 雙用韻（即唐代之交鏘韻）

據魏慶之《詩人玉屑》云：

〔註31〕見宋·袁文著，程執中編：《宋人詩話外編上·甕牖閑評》，頁583。

〔註32〕見宋·胡仔：《苕溪漁隱叢話》前集，卷三十一，頁211。

〔註33〕同上，卷三十四，頁675。

> 有律詩上下句雙用韻者：第一句、第三句、第五句、第七句押
> 一仄韻；第二句、第四句、第六句押一平韻。唐章碣有此
> 體，不足爲法，謾列於此，以備其體耳。又有四句平入之
> 體，四句仄入之體，無關詩道，今皆不取。

近體詩偶數句用韻是一個常態，爲的是讓詩文有節奏，若是偶數句用
一韻，奇數句又用一韻，雖可騁文人巧思，但亦雕琢太過，易傷詩文
的自然音律。而四句用平聲，四句用仄聲，則更容易使詩文的聲律脫
節，這都不是韻律所要求的節奏，所以《玉屑》曰「無關詩道，今皆
不取」。

4. 探韻與和韻

詩之用韻，本出於自然，但是隨著詩的進化，詩人追求更高難度
的挑戰，往往會先設定韻腳，再構思詩句，而其方法有探韻與和韻二
種：

（1）**探韻**：探韻又可分成兩類：一是限定一字，其餘字即依此
的韻部而作。另一種是將全首詩所有的韻腳字都預先指定了。如：

甲、探得一字韻

> 寇萊公廷僧惠崇於池亭，分題爲詩。公探得池上柳「青」
> 字韻，崇探得池鷺「明」字韻。自午至晡，崇忽點頭曰：「得
> 之矣，此篇功在『明』字，凡五壓不倒。」公曰：「試口占。」
> 曰：「雨歇方塘溢，遲回不復驚。暴翎沙日暖，引步島風清。
> 照水千尋迥，棲煙一點明。主人池上鳳，見爾憶蓬瀛。」
> 公笑曰：「吾柳之功在『青』字，而四壓不倒，不如且已。」
>
> （《詩人玉屑》）〔註34〕

據郭玉雯《宋代詩話的詩法研究》將四壓、五壓解釋爲四篇、五篇
〔註35〕。則寇萊公與惠崇就是先各探得一「青」字和「明」字爲韻
後，再依其韻部作詩。其中惠崇以「明」韻作了五篇，且最後一篇
意境高遠，情景交融，使寇萊公不得不自歎弗如。

〔註34〕見《詩人玉屑》，頁159。
〔註35〕見78年台大郭玉雯博士論文《宋代詩話的詩法研究》，頁379。

乙、探得全首詩韻

> 曹景宗探韻得「競病」字，詩云：「去時兒女啼，歸來笳鼓
> 競。借問路旁人，何如霍去病。」沈約詩人嗟賞之。（《彥周
> 詩話》）〔註36〕

此詩即是先探得全首詩的韻腳爲「競病」二字，即必須以此二字爲韻
腳作詩，此二字頗爲偏僻，不易得句，但是曹景宗卻作得非常出色，
不但句意後暢順，用事絲毫不見牽強，很符合當時的凱旋盛景，可說
是探韻作詩中非常成功的例子。

　　（2）和詩：和詩是詩歌發展極盛下所產生的一種現象，詩人們
藉此一方面可以詩會友，另方面可在相同的韻腳中，比較彼此詩人的
高下，以增長自己的創作能力。宋人認爲和韻之風始於中唐，如《珊
瑚鉤詩話》曰：

> 前人作詩未始和韻，自唐白樂天爲杭州刺史，元微之爲浙
> 東觀察，往來置郵筒倡和，始依韻而多至千言，少或百數
> 十言，篇章甚富。其自耀云：「曹公謂劉玄德曰：『天下英
> 雄，惟使君與操耳。』予於微之亦云。」豈詩人豪氣例愛
> 矜誇邪？安知後世士有異論？〔註37〕

其實，在元白之前，即有和詩之事。和詩之風最早於晉，晉朝時僧慧
遠有〈遊東林寺詩〉〔註38〕，當時劉程之、王喬之及張野等三人皆有
〈奉和慧遠遊廬山詩〉之作，由題名可知，此三人的和詩，是奉慧遠
的邀請而作的，其中劉程之所用的韻腳分別是：群、分、聞、雲、欣、
聞、薰、斤；王喬所用的韻腳是：同、封、空、雍、峰、松、重、噁、
江、空；張野詩的韻腳是：檢、漸、染、懨、玷、減；而慧遠所用的
詩韻是：跡、滴、適、關、隔、翮、均。四首詩所用的韻腳皆不相同，
故應是以和意爲主，並非和韻。

〔註36〕見《歷代詩話・彥周詩話》，頁227。
〔註37〕見宋・張表臣著，何文渙輯：《歷代詩話・珊瑚鉤詩話》卷一，頁273。
〔註38〕逯欽立《先秦漢魏晉南北朝詩》題爲〈廬山東林雜詩〉，學海出版社，
　　　　頁1085。

此外，在陶淵明的作品集中，我們也可以發現有和詩之作，如〈和劉柴桑一首〉、〈和郭主簿二首〉、〈歲暮和張常侍一首〉等，皆是這類的作品。只是，前人所和的是詩「意」，而非詩「韻」，即《容齋詩話》所云：

> 古人酬和詩必達其來意，非若今人爲次韻所局也。觀《文選》所編何劭、張華、盧諶、劉琨、二陸三謝諸人贈答可知矣。唐人尤多不可具載。〔註39〕

但是，洪邁所說的這段話，仍不算正確，因爲和詩與贈答詩並不相同，是不可混爲一談的。贈答之詩始於漢人，如桓麟有〈答客詩〉、秦嘉有〈贈婦詩〉二首、〈答婦詩〉、徐淑有〈答秦嘉詩〉、蔡邕有〈答對元氏詩〉、〈答卜元嗣詩〉等，皆是此類的作品。一般來說，贈答之詩，多指詩人間往來酬唱之作，其意義如同今日的書信，作者依對方所贈之詩文內容作答，並無互相較量之意；而和詩者，卻不見得是詩人往來之作，有的是取同一事物作詩，有的是採同一情思仿作，其中相互評比的意較濃。

洪邁所舉的詩之和意者，如高適寄杜甫詩有云「媿爾東西南北人」，杜則云「東西南北更堪論」。又嚴武寄杜甫曰「興發會能馳駿馬，終須重到使君灘」。杜則云「枉沐旌旄出城府，草茅無逕欲教鋤」。另杜甫送韋迢云「洞庭無過雁，書疏莫相忘」。迢云「相憶無南雁，何時有報章」。以上這些詩例，都是以意相和，互爲贈答，雖然《容齋》稱其「皆如鐘磬在簴，扣之，則應來往反復，於是乎有餘味矣」，但這應是贈答詩，而非和意詩。

和詩發展及至元白，往來唱和，才開始依韻，此外，皮日休、陸龜蒙的唱和，也助長此風之盛。依韻，是指用與他人詩同一韻部之字作詩，如此一來，必會受他人詩韻之拘限，但元白卻可以依韻多至千言，所以才會炫耀彼此的詩才，大有天下唯獨二人而已。不過，這樣競騁詩才的表現，仍有其可議之處，因爲詩歌的目的是在言志，唯有

〔註39〕見宋・洪邁：《容齋詩話》卷一，頁11。

表現眞實情感的作品，方能眞切感人。

在宋代，詩和韻包含了三部分，即依韻、用韻和次韻：甲、依韻，是指用與他詩同一韻部之字爲韻腳。乙、用韻，就是用和他詩相同的韻腳字，但次序不同。丙、次韻或稱步韻，是不僅用他詩的韻腳字，且連次序皆同。

即《古今詩話》曰：

> 唐人賡詩，有次韻，依其次用韻，同在一韻中耳。有用韻，用彼之韻，未必次之，韓吏部和皇甫湜陸山渾火是也。劉長卿〈餘干旅舍〉云：「搖落暮天迴，丹楓霜葉稀。孤城向水閉，獨鳥背人飛。渡口月初上，鄰家漁未歸。鄉心正欲絕，何處搗征衣。」張籍〈宿江上館〉云：「楚驛南渡日，夜深來客稀。月明見潮上，江靜覺鷗飛。旅宿今已遠，此行殊未歸。離家久無信，又聽搗寒衣。」兩詩偶似次韻，皆奇作也。〔註40〕

可見和韻的發展是先和意，再和韻，接著是依韻、用韻，最後愈來愈難，不僅要求韻腳字同，連次序也要一樣。上例中，韓吏部和皇甫湜的詩是用韻同，但並不要求次序相同。而劉長卿和張籍的詩，二者同押稀、飛、歸、衣字，次序亦同，雖然《古今詩話》稱二者爲「偶似次韻」，但，卻也可看出次韻的用韻方式。

宋人和韻，除了往來酬唱外，另有和古人韻者，如《梁溪漫志》記東坡在嶺外〈和淵明懷古田舍〉詩曰：「休閑等一味，妄想生愧赧。」自注云：「淵明本用「緬」字，今聊取其同音字。」東坡和淵明詩，淵明本是以「緬」字爲韻，而東坡因筆隨意至，遂將「緬」字改成同音之「靦」，此雖亦是和韻，但卻不妨詩言志之本質。

不過，宋代也有人反對和詩者，如葉適《學習記言序目》云：

> 蘇氏半字韻詩酬和最工，爲一時所慕，次韻至此盛于天下，失詩本意最多。夫以六義爲詩，猶不足言詩，況以韻爲詩乎！言「今年一線在，那復堪把玩。欲起強持酒，故交雲雨散。」

〔註40〕見宋・李頎著，郭紹虞輯：《宋詩話輯佚上・古今詩話》，頁285。

無乃與川上之逝異觀？此于博塞爲歡娛粗勝爾。〔註41〕

又《滄浪詩話》曰：

和韻最害人詩。古人酬唱不次韻，此風盛於元白皮陸。本
朝諸賢乃以此而鬪工，遂至往復有八九和者。〔註42〕

的確，詩和韻，因爲用韻的限制多了，所以詩人在作詩時，必然
要多下些工夫去創作，且和韻之作，往往在彼此往來唱和的同時，也
互相較量詩人的文才，看看用相同的韻，誰最能把其融入詩中，達到
聲情合一的境界，這樣的以文會友，自然可以提昇詩的創作品質。然
而，若是過度地逞才競藝，則會將和韻的益處變成壞處，如果，和韻
流於詩人鬪工的工具，詩人作詩時，只是一昧地求用韻工整，而疏忽
了以詩寫意的重要，那就成了捨本逐末，緣木求魚，詩也就淪爲詩人
用以消遣娛樂的工具，故對詩作持嚴肅看法的葉適、嚴羽等人會說次
韻是「失詩本意最多」、「最害人詩」，並非偏激之論。

（二）古體詩的用韻

自唐律興起後，古人作古體詩便刻意避開與近體詩相同之一韻到
底的用韻方式，而採用轉韻、重韻等方法來變化韻律。宋人詩話中所
提到的古體詩用韻方法有：

1. 換韻殺斷法

《天廚禁臠》曰：

前換三韻，皆四句，兼平側韻相間，屬將斷，即折四句爲兩
韻，若不爾，便不合格，今人信意換韻者，不知此也。〔註43〕

這是什麼意思呢？如果以杜子美〈高都護驄馬詩〉爲例，云：

安西都護胡青驄，聲價欻然來向東。

此馬臨陳久無敵，英人一心成大功。

功成惠養隨所致，飄飄遠自流沙至。

〔註41〕見《宋人詩話外編・學習記言序目》，頁1049。

〔註42〕見《滄浪詩話校釋》，頁193。

〔註43〕見《天廚禁臠》下卷。

雄姿未受伏櫪恩，猛氣猶思戰場利。
腕促蹄高如踏鐵，交河幾蹴曾冰裂。
五花散作雲滿身，萬里方看汗流血。
長安壯兒不敢騎，走過掣電傾城知。
青絲絡頭爲君老，何由卻出橫門道。

在這上面這首詩中，其韻腳爲：

驄、東、功→平聲，東韻。
致、至、利→去聲，至韻。
鐵、製、血→入聲，屑韻。（其中裂爲薛韻，但薛、屑同用）
騎、知→平聲，支韻。
老、道→上聲，皓韻。

此詩是由平聲的「東」韻轉爲去聲的「至」韻，再由去聲「至韻」轉爲入聲「屑」韻，最後四句則以二個平聲「支」韻，和上聲「皓」韻作結。再以東坡詩〈贈別雲上人詩〉爲例，曰：

道人自稱三世將，奪家十年今始壯。
玉骨猶含富貴餘，漆瞳已照人天上。
去年相見古長干，眾中矯矯始翔鸞。
今年過我江西寺，病瘦已作霜松寒。
失顏不辨供歲月，風中膏火湯中雪。
如問君家黃面郎，乞取摩尼照生滅。
莫學王郎與支遁，臂鷹走馬跨神駿。
還君畫圖君自收，不如來人騎土牛。

此詩的韻腳爲：

將、壯、上→去聲，漾韻。
千、鸞、寒→平聲，先韻。
月、雪、滅→入聲，月韻。
遁、駿→去聲，願韻。
收、牛→平聲，尤韻。

這首詩的韻腳也是從去聲的「漾」韻轉爲平聲的「先」韻，再由「先」

韻轉至入聲「月」韻，最後四句，是以兩個去聲「願」韻換到平聲「尤」韻作結束。

由這些韻腳，我們可以看出，所謂的「換韻殺斷法」就是每四句換一韻，且換韻後的首句皆入韻，而最後四句則爲句句押韻，且換二韻。重點是「平仄相間」，即平聲韻用完，就換仄聲韻，仄聲韻中，上去入分別使用，若平聲韻換平聲韻，或是上聲韻換上聲韻者，皆是不合格律的。

但是，《天廚禁臠》的說法並不完全正確，事實上，古體詩的換韻並不僅侷限於四句一換，也有六句、八句、甚至二十句一換韻的，〔註44〕而且換韻後的首句也不一定要入韻，所以，「換韻殺斷法」正確的用法是指在古體詩中，韻腳的轉換以平仄互換爲原則，且最後四句採唐古風中的「促收式」作結束。「殺斷」其實就是「促收」之意。

2. 平頭換韻法〔註45〕

所謂的「平頭換韻法」是指古體詩中，逐句入韻，且七句換一韻，換韻的方式是以平聲韻換平聲韻，如果是平聲韻換仄聲韻，則不合此式。以東坡詩爲例，云：

> 天人幾何同一漚，謫仙非謫乃其遊。
> 揮斥八極隘九州，化爲兩馬鳴相酬。
> 一鳴一止三千秋，開元有道爲少留。

〔註44〕四句換一韻如李白〈妾薄命〉、〈駕去溫泉後贈楊山人〉、杜甫〈石壕吏〉、李賀〈平城下〉等；六句一換韻者，如梁元帝〈燕歌行〉共22句，前六句爲一韻，後轉爲四句一韻；八句換一韻者，如韋應物〈魏將軍歌〉，全詩16句，共用寒陌二韻，各八句；二十句一換韻者，如孟郊〈隱士〉計26句，前二十句押眞韻，後六句押微韻。其實，古體詩的用韻是隨文意而轉換，故不應侷限其換韻的距離，如李白〈夢遊天姥吟留別〉一首，其換韻之距離即不均等。王力《漢語詩律學》云：「齊梁以前的古詩往往只轉一次韻，因爲它們往往超過了四句才換韻；齊梁以後，因爲喜歡四句一換韻，甚至兩句一換韻，韻的數目就多了，最多可達二三十個韻，例如白居易的〈長恨歌〉。」見《漢語詩律學》，頁363。

〔註45〕同註43。

　　　　糜之不得矧肯求，東望太白橫峨岷。
　　　　眼高四海空無人，大兒汾陽中令君。
　　　　小兒天台坐望身，平生不識高將軍。
　　　　手沇吾足矧敢嗔，作詩一笑君應聞。

這首詩的韻腳爲：

　　　　漚、遊、州、酬、秋、留、求→求聲，尤韻。
　　　　岷、人、君、身、軍、嗔、聞→平聲，眞韻。

由韻腳可看出，此詩句句押韻，且七句一換韻，換韻的方式是平聲「尤」韻換到平聲「眞」韻，如此即稱爲「平頭換韻法」。

　　「平頭換韻法」與「換韻斷殺法」大抵相同，所不同的是，其換韻法以平聲換平聲，故謂之「平頭」。雖然《天廚》謂此法是七句一換，不過，在古體詩中，平聲換平聲的方式有兩種：一是逐句押韻，除了七句一換外，亦有四句、十句一換者；一是隔句押韻，如換韻斷殺法般，有二句、四句、六句、八句、甚至十四句一換者，並不只限於七句一換。

3. 促句換韻法

《天廚禁臠》曰：

　　　　儀鸞供帳饗虱行，翰林濕薪爆竹聲。
　　　　風簾官燭淚縱橫，木穿石槃未渠透。
　　　　坐窗不邀令人瘦，貧馬百嚙逢一豆。
　　　　眼明見此玉花驄，遙思著鞭隨詩翁。
　　　　城西野桃尋小紅。

此詩三句三疊而止，其法不可過三疊，然促兩疊可，謂之「促句法」。

以兩疊則俱用平聲，或用側聲，如：

　　　　江南秋色推煩暑，夜來一枕芭蕉雨。
　　　　家在江南白鷗浦，十年未艷鬢如織。
　　　　傷心日暮楓葉赤，偶然得句應題壁。

此二疊俱用側聲也。如：

　　　　蘆花如雪灑扁舟，正是滄江蘭杜秋。

忽然驚起散沙鷗，平生生計如轉蓬。

一身長在百憂中，鱸魚正美負秋風。

此兩疊俱平聲也。〔註46〕

上例詩中的韻腳爲：

行、聲、橫→平聲，庚韻。

透、瘦、豆→去聲，候韻。（瘦爲宥韻，候、宥同用）

驄、翁、紅→平聲，東韻。

由韻腳的變化可知，此種用韻方式是採逐句押韻，每三句換一韻，且是以平仄相間爲格式，最多可換三次韻，共九句詩；最少則以六句爲主，但若是六句詩，則在韻腳的變化上必須是平聲韻換平聲韻（如：舟、秋、鷗→平聲尤韻；蓬、中、風→平聲東韻）；仄聲韻換仄聲韻（如：暑、雨、浦→上聲；熾、赤、壁→去聲）。

由於其逐句押韻，且每三句便換一韻，形成句律的節奏緊湊，所以稱爲「促句換韻」，也因其句促，故不適合長篇，以免聲律詰聱。

此式僅是將唐代的「擲韻」更名爲「促韻」，並把兩句一換延長爲三句一換而已。

4. 重　韻

前面論杜子美〈彭衙行〉詩時，《冷齋夜話》謂其押兩餐字，而王觀國爲其辯論，不僅是說明唐人通韻之例，也因「押兩餐字」即涉及了「重韻」的問題，據郭紹虞先生在《滄浪詩話校釋》一書中說宋人對重韻的問題相當重視，詩限重韻，也是至宋才開始成爲疵病。〔註47〕在宋人詩話中對於重韻問題的討論相當多，如阮閱《詩話總龜》云：

孔毅夫雜記云，退之好押狹韻，累句以示工，而不知重疊用韻之爲病也。〈雙鳥詩〉押兩韻字；〈李花詩〉押兩花字。

苕溪漁隱曰，讀皇甫湜公〈安園池詩〉亦押兩閑字；「日夜

〔註46〕同上。

〔註47〕見《滄浪詩話校釋》，頁202～213之「釋」。

不得閑」、「君子不可閑」，蓋退之好重疊用韻以盡己之詩意，不恤其爲病也。

又《野客叢書》曰：

> 蔡氏曰：杜子美〈飲中八仙歌〉船、眠、天字並再押，前字凡三押，前古未見其體。嘗質之叔父元度，云：「此歌之分篇，人人各異，雖重押何害？亦周詩分章之意也。」《聞見錄》亦引此詩及李太白、韓退之詩爲疑。《松江詩話》引杜子美一詩押兩萍字，東坡一詩押兩耳字，謂字同而意異，不妨重疊。又謂子美〈八仙歌〉押兩船字，在歌行則可，他不可爲法。仆謂諸公各肆臆說，于古人之詩是未深考。詩中重押字，自古有之，豈但李、杜、韓、蘇四公而已。姑引數章于此：蘇子卿詩曰：「四海皆兄弟，誰爲行路人。」又曰：「我有一尊酒，欲以贈遠人。」又詩曰：「歡娛在今夕，嬿婉及良時。」又曰：「努力愛春花，莫忘歡樂時。」沈休文詩曰：「多值息心侶，結架山之足。」又曰：「所願從子游，寸心于此足。」阮嗣宗詩曰：「如何當路子，磬折忘所歸。」又曰：「惜無懷鄉志，辛苦爲誰歸。」張景陽一詩兩押生字，任彥升一詩兩押生字、三押情字。古詩重疊押韻，如此之多，豈可謂古未見此體？亦不可謂古人分章之意與夫惟歌行之體有此。以是知李杜詩皆有所祖，沈云卿一詩凡四疊韻。〔註48〕

從上面的兩則詩話中，我們可以得知，宋人對於詩重疊用韻一直耿耿於懷，認爲是瑕疵，且不斷地提出質疑。而對於古人重疊用韻的解釋除了是：特意獨行，以顯己能（如韓退之）及祖述古人（如《野客叢書》引古體詩例）外，于杜甫〈飲中八仙〉一詩的看法，更是眾說紛紜，在此必須對其作一探討，以明究竟。

歸納《野客叢書》中宋人對〈飲中八仙歌〉的看法，可得出四種意見：

（1）是仿古詩分章之意。

〔註48〕見宋・王楙著。程毅中編：《宋人詩話外編下・野客叢書》，頁1095。

（2）是歌行體之長篇之作，故可重疊用韻，其他則不可。

（3）雖重疊用韻，但字同義異，故不妨。

（4）祖古人作詩之法。

以上的四個論點是否正確，我們一一做檢討：首先說重覆押韻是仿《詩經》作詩分章，但是，《詩經》的分章所重覆的並不是韻而已，而是一種句式的迴環，如〈蓼莪〉第一段曰：「蓼蓼者莪，匪莪依蒿，哀哀父母，生我劬勞。」第二段曰：「蓼蓼者莪，匪莪依蔚，哀哀父母，生我勞瘁。」其所重覆的，豈只是韻腳字？而且，《詩經》中的每一首詩，都是在有一共同的主旨下創作的，雖是分章的形式，但彼此間卻是相關的。然而，杜甫的〈飲中八仙〉卻是寫八個不同的人，彼此間為無關連性，故這樣的看法並不精確。

第二個說法指長篇的歌行體方可重韻，一般的詩則不可，這樣的規定，更不知以何為依據，論詩用韻只有可重用韻與不可重用韻兩種，哪有長篇即可，短篇不行的道理？所以，這個論點也過於牽強。

第三個說法，認為重韻詩是字同義異，故不妨者，應是從東坡詩兩押耳字韻，其詩自注：「二耳義不同」故得重用，而來的。這個推論，仍然是以兩個不同意的字來論，但是，「重」即是複之意，兩個形同義異的字，雖然外形一樣，但亦可視同二個不同的字，如果不然，則東坡也就不必加注來強調說明了，故此種論點不可靠。

最後，《野客叢書》認為是祖述古人，而其所列舉的詩例作者皆為六朝時人的作品，當時近體詩律尚未確立，所論的應是古體詩，則重韻是屬古體詩之用韻方式無疑。然而，其所列的詩皆為五言詩，但杜子美、蘇東坡的詩皆是七言詩，二者並不相同，謂重韻是效法古人，其立論的基本條件不完全符合，此論點自然不對。

如果上述的四個論點都不正確，那麼重用韻是否真的不可？若是不可重用韻，為何子美、東坡等大家仍一再犯錯？其實，論重韻，必須從重韻詩本身去看，事實上，杜甫〈飲中八仙歌〉是一首仿柏梁台聯句的詩。

　　何謂柏梁台聯句呢？據東方朔別傳曰，漢武帝元封三年，作柏梁台，詔群臣二千石有能爲七言者，乃得上坐。當時的柏梁台聯句之創作特色爲：

（1）一定七言：整首柏梁台聯句皆以七言的整齊形式創作，因此，一般人謂七言詩起於柏梁台聯句。

（2）採逐句用韻的形式：柏梁台聯句計有二十六句，共押二十六個韻，是句句押韻。

（3）一定是押平聲韻：柏梁台聯句中所用的二十六個韻分別是：時、來、材、治、哉、之、詩、滋、時、臺、疑、來、之、之、箕、治、危、災、治、材、其、持、梅、罳、飴、哉。這二十六個韻腳皆爲平聲韻。

（4）一定重韻：當時漢武帝與群臣所作的柏梁台聯句，本身就用了兩個「時」字韻，和三個「之」字韻。後來唐中宗與群臣所作的〈唐中宗誕辰內殿宴群臣效柏梁體聯句〉亦是用了兩個「才」字韻。

（5）整首詩中，有的一句一意，或是數句一意，但彼此間無統合整首詩的中心主旨。

　　瞭解了柏梁台聯句的創作形式後，我們再看杜甫的〈飲中八仙歌〉，便可以清楚地發現二者的創作特色完全相同：皆爲整齊的七言形式；且〈飲中八仙歌〉計有二十二句，用了二十二個韻腳，亦是逐句押韻的形式；全詩的用韻爲：船、眠、天、涎、泉、錢、川、賢、年、天、前、前、禪、篇、眠、船、仙、傳、前、煙、然、筵。此二十二個韻腳俱爲平聲；其中「船」、「眠」、「天」字韻各用了兩次，而「前」字韻更是重複用了三次；全詩是寫八個詩人，彼此間並無關連，亦是以一句一意，抑或數句一意的方式創作，並無統合整首詩的中心主旨。

　　可見杜甫〈飲中八仙歌〉確實是一首仿柏梁體的詩作，因爲柏梁台聯句在創作之初即是不忌諱重韻，故詩人在仿作時，也就沿襲這個特點，不忌諱重覆用韻，以其創作之初即是如此，便不以爲是病。

第四節　唐、宋用韻之異同與影響

本節仍和第二章一樣，希望從詩話中的唐、宋韻律觀之比較，來看出兩者間的異同。並以明、清詩話爲探討的對象，以明白宋詩話的韻律論對後代韻律的影響，藉此探出詩律中韻律流變的大概。

一、詩話中唐宋韻律觀之異同

從第二、第三節中的論述，我們可以明顯地發現，唐人在用韻上傾向於建立韻律的常態，除隔句用韻外，明白地把轉韻、換韻歸類在古體詩的用韻範圍。而宋人在韻律上雖是承襲唐人，卻把注意力放在求變上，極力地想在近體詩的固定用韻方式中，找出更多的變化，以致於兩者在用韻方法及觀念上，皆有了一些的差異：

（一）近體詩方面

1. 在中、晚唐始有的和韻詩，在宋代更蔚爲流行，然而，宋人對於和詩與贈答詩之分野尚有混淆，《容齋詩話》所舉的例子就是贈答，而非和詩。

雖然宋人對和詩之義並不正確，但仍然在和韻詩中將其細分爲依韻、用韻及次韻的不同。且除了和當時人之詩韻外，亦增加了和古人韻，並採同音字爲和的方式，〔註49〕如此精緻、多樣的和韻，一方面使宋詩更精緻，另方面也讓宋詩受到較大的侷限。

2. 唐詩中已存在的「葫蘆韻」、「轆轤韻」、「進退韻」等用韻方法，在唐代詩論中，仍未見提及，但是在宋人詩話中，這樣的用韻方式卻被提出來討論，並予以定名，成爲近體詩中變化韻律的詩格，因此，自宋以後，這類的詩也不再被視爲落韻詩了。

（二）古體詩方面

1. 律詩形成之前的詩，皆可稱爲古體詩，當時因爲無可依循的詩律，因此詩人在寫作時，對於用韻的選擇以自然爲要，平仄皆可通

〔註49〕見本文第三節「和詩」中，東坡〈和淵明懷古田舍〉詩，頁79。

押。但是唐代律詩大盛，詩人刻意地區分古、近體詩，在用韻上，便刻意地避開近體詩隔句用韻、一韻到底、限押平聲韻的固定方式，改採轉韻及使用仄聲韻等方式來變化韻律，這樣的古體詩用韻觀，已是人為的刻意，非古體詩用韻的真正原貌。

　　宋人承唐遺風，在古體詩的用韻上，多以唐人為師，亦是以轉韻、逐句用韻等不同於近體詩的用韻方式為主，唐代的「轉韻」、「擲韻」，於宋代都得到進一步的發展，被延申出「換韻斷殺法」、「平頭換韻法」及「促句換韻法」等特殊的用韻方式，即宋人在用韻的方法上，已較唐人更多樣化。

　　2. 據阮閱《詩話總龜》、《野客叢書》所述，詩押重字，自古有之，如蘇子卿、沈沐文、阮嗣宗、張景陽、任彥升等人皆有；唐代李白、杜甫、韓愈、皇甫湜等人亦有重韻詩，然而，在唐代詩論中卻見不到任何有關詩重韻的相關論述，反倒是在宋人詩話中，這個問題屢屢被詩人提出討論，反覆質疑。

　　由此可知，詩重韻，在宋代以前並不是疵病，但是，自宋代開始，文人對於詩重韻有了相當的限制，也就是說，對宋代詩人而言，不僅是近體詩有詩律必須遵守，連古體詩的用韻也有限制。可見，宋代韻律是比唐人來得嚴苛許多。

　　綜觀唐、宋的韻律觀，不論在古體詩或近體詩，宋人在用韻的標準及方法上，皆受到唐人很大的影響，可說幾乎全是在唐代已有的基礎上再加以精緻化而已，但是，這樣的高度精緻化的結果，雖然使宋詩律變得更多樣、細膩，也讓宋代詩人不論在古體或近體詩的寫作上，受到較唐人更大的侷限。

二、由明、清詩話看宋代韻律論之影響

　　從前面唐、宋韻律論的異同中，我們已可發現，韻律在時代的演變中，已隨之有了些許的改變，因此，這裡我們希望藉著明、清詩話中的韻律論和宋人詩話中的觀點作一比較，以期找出宋人韻律論對後

人的影響，並明白詩韻流變之大概。

（一）用韻標準

這裡說的用韻「標準」是指作為押韻的依據，因此，古體詩的用韻應是以口語為準；而近體詩則是以韻書為準。不過，自律詩興起後，詩人常會不自覺地將近體詩的寫作習慣帶入古體詩的創作中，形成「運律入古」的情形，故對於古體詩的用韻原則也造成了一些影響，以下我將分為近體詩和古體詩二部分來論述：

1. 近體詩

自從韻書產生後，詩人作詩押韻便不再只是依賴口耳為判斷的依據，而是以韻書為用韻的標準。然而，韻書所規定的韻部，有時仍然和現實中的口語有所出入，因此，詩人的作品中，仍可見多個韻部通用的情況，〔註50〕而且，隨著時代遷遞，語言也有古今音變的不同，如唐宋時期的入聲字，在元代以後，已大量地被併入其他的平上去入中。所以，從宋代以後，近體詩的用韻，雖仍然韻書為準，但在韻部的分合上已有了極大的不同。

宋代的用韻是以禮部所編的《廣韻》二百零六韻為主，唐代則是依《唐韻》二百零五韻。目前《唐韻》已經亡佚，一般認為和《廣韻》相近。但是，在金代以後，這兩百零六韻已合併為一百零六韻，也就是現今所見的《詩韻集成》（或稱《詩韻》）。

自兩百零六韻演變至一百零六韻，主要是根據實際口語所產生的演化。由《廣韻》和《詩韻》韻目的比較，我們可以看出宋代的兩百零六韻，到了金以後已做了大幅度的合併，合併情形如下表：〔註51〕

〔註50〕如本文第三節論「通韻」中所舉裴虞餘詩，支微通押、杜甫〈彭衙行〉中魂、寒通押；皆是韻書中未註明「同用」，但實際上卻可通韻的情形。見本文頁71～73。

〔註51〕本表引自陳柏全《清代詩話的格律論》一文。係以《詩韻集成》一百零六韻為主，括號內為其合併了《廣韻》二百零六韻的韻目。詳見東海大學86年陳柏全碩士論文，頁53。

平	上	去	入
一東（東）	一董（董）	一送（送）	一屋（屋）
二冬（冬鍾）	二腫（腫）	二宋（宋用）	二沃（沃燭）
三江（江）	三講（講）	三絳（絳）	三覺（覺）
四支（支脂之）	四紙（紙旨止）	四寘（寘至志）	
五微（微）	五尾（尾）	五未（未）	
六魚（魚）	六語（語）	六御（御）	
七虞（虞模）	七麌（麌姥）	七遇（遇暮）	
八齊（齊）	八薺（薺）	八霽（霽祭）	
九佳（佳皆）	九蟹（蟹駭）	九泰（泰）	
		十卦（卦怪夬）	
十灰（灰咍）	十賄（賄海）	十一隊（隊代廢）	
十一眞（眞諄臻）	十一軫（軫準）	十二震（震稕）	四質（質術櫛）
十二文（文欣）	十二吻（吻隱）	十三問（問焮）	五物（物迄）
十三元（元魂痕）	十三阮（阮混很）	十四願（願恩恨）	六月（月沒）
十四寒（寒桓）	十四旱（旱緩）	十五翰（翰換）	七曷（曷末）
十五刪（刪山）	十五潸（潸產）	十六諫（諫襉）	八黠（黠鎋）
一先（先仙）	十六銑（銑獮）	十七霰（霰線）	九屑（屑薛）
二蕭（蕭宵）	十七篠（篠小）	十八嘯（嘯笑）	
三肴（肴）	十八巧（巧）	十九效（效）	
四豪（豪）	十九皓（皓）	二十號（號）	
五歌（歌戈）	二十哿（哿果）	二十一箇（箇過）	
六麻（麻）	廿一馬（馬）	廿二禡（禡）	
七陽（陽唐）	廿二養（養蕩）	廿三漾（漾宕）	十藥（藥鐸）
八庚（庚耕清）	廿三梗（梗耿靜）	廿四敬（映諍勁）	十一陌（陌麥昔）
九青（青）	廿四迥（迥拯等）	廿五徑（徑證嶝）	十二錫（錫）
十蒸（蒸登）	✻拯（拯等）✻		十三職（職德）
十一尤（尤侯幽）	廿五有（有厚黝）	廿六宥（宥候幼）	
十二侵（侵）	廿六寢（寢）	廿七沁（沁）	十四緝（緝）
十三覃（覃談）	廿七感（感敢）	廿八勘（勘闞）	十五合（合盍）
十四鹽（鹽添嚴）	廿八琰（琰忝儼）	廿九艷（艷㮇釅）	十六葉（葉帖業）
十五咸（咸銜凡）	廿九豏（豏檻范）	三十陷（陷鑑梵）	十七洽（洽狎乏）

　　總之，不論是兩百零六韻，抑或是一百零六韻，明、清時也和宋人般，所有近體詩的創作皆以韻書為用韻的標準，但是，這樣長久以來受到韻書限制，使清人不得不發出反對的聲音，如吳喬《圍爐夜話》云：

> 詩歌入喉，故須有韻，韻乃其末務也。…休文四聲韻，小學家言，本不為詩，詩人亦不遵用。…
> 古人作詩，不以辭害志，不以韻害辭。今人奉韻以害辭，泥辭以害志。十二侵乃舌押上顎成聲，非閉口也，閉口則無聲矣。韻家別為立部，非也。縱使侵等果是閉口字，亦小學審聲中事，與詩道何涉？此又詩人奉行之過也。〔註52〕

又如《答萬季埜詩問》：

> 又問「施愚山所謂今人祇解作韻者何？」答曰：「每得一韻守住五字，於《韻府群玉》、《五車韻瑞》上覓得現成韻腳字，以句輳韻，以意輳句，扭捻一上，自心自身，俱不照管，非作韻為何？」〔註53〕

　　因為明清的詩人也如宋人般，在韻書的限制下，常常為了湊韻而枉顧詩人所要傳達的情思，將作詩淪為作韻，而引發部份詩人的自覺，提出不同的主張。且，由《圍爐夜話》所言，我們可以發現，雖然清代的韻部較宋代來得寬鬆（因多個韻部已合併），不過，仍和實際的口語有差距，這也都是自宋侷限用韻必依韻書以來，歷代都有的困境。故吳喬要說：「今人惟有韻無詩。」〔註54〕

2. 古體詩

　　宋人在論古體詩時，即已提出古體詩用韻和當時近體詩的用韻不同，清人則更進一步地比較了古今韻部的不同，如：梁章鉅《退庵隨筆》、劉熙載《詩概》、顧亭鑑《學詩指南》、吳喬《圍爐夜話》等都對古今韻部的分合提出各種討論，此外，還有一些專論的著作，如吳

〔註52〕見清・吳喬：《清詩話續編・圍爐夜話》，藝文印書，頁482，485。
〔註53〕見清・吳喬：《清詩話・答萬季埜詩問》，木鐸出版，頁32。
〔註54〕同註48，頁486。

紹燦《通譜韻說》顧炎武《音學五書》、李文貞《音韻闡微》等。只是各家對古韻的分類並不一致。

　　在唐代律詩興起後，古體詩產生了眞古體與假古體的分別，〔註55〕若以眞古體的用韻論，則是應以口語爲準；若是假古體，則不論是宋人或是明、清時代，皆以「師法古人」爲主，如宋·釋惠洪《天廚禁臠》曰：

　　古詩以意爲主，以氣爲客。故意欲完，氣欲長。唯意之往，
　　而氣追隨之。故於韻無所拘，但行於其所當行，止於其不
　　可不止。蓋得韻寬，則波瀾泛入傍韻，乍還乍離，出入回
　　合，殆不可拘以常格。…得韻窄，則不復傍出，而因難見
　　巧，愈險愈奇。〔註56〕

這是以老杜、韓愈的古體用韻爲師。而明謝榛《四溟詩話》舉阮籍〈詠懷詩〉、潘尼〈贈王元貺〉、夏侯湛〈東方朔贊〉等詩爲例，言蒸韻協灰韻，猶存古意〔註57〕等，李東陽《麓堂詩話》亦以老杜、退之、東坡等人爲師論七言古體之用韻〔註58〕。清代陳儀《竹林問答》亦云：

　　問：古詩聲韻當何從？
　　作古詩，聲調須堅守杜、韓、蘇三家法律。至用韻，當以
　　杜、韓爲宗主。韓詩間溢入協韻，蘇詩則偶有紊界處，不
　　可爲典要也。〔註59〕

　　此外，梁章鉅《退庵隨筆》亦以韓愈〈此日足可惜〉、〈病中贈張十八〉二首，來說明古體詩之用韻。〔註60〕由上面各例知，在假古體詩的用韻上，宋、明、清皆以唐人（尤其是杜甫、韓愈）古體詩的用韻爲宗。

〔註55〕眞古體是指唐前的古體詩，假古體指唐及唐後有運律入古現象，或是詩人刻意避開近體詩律所作的古體詩。

〔註56〕見《天廚禁臠》卷下，「古詩押韻法」。

〔註57〕見《歷代詩話續編·四溟詩話》卷三，頁1188。

〔註58〕見《歷代詩話續編·麓堂詩話》，頁1386。

〔註59〕見清·陳儀：《清詩話續編·竹林問答》，藝文，頁2237。

〔註60〕見清·梁章鉅：《歷代詩話續編·退庵隨筆》，藝文，頁1970。

（二）用韻觀念

談完用韻標準的不同後，這裡要討論的是用韻的觀念。我將分成「承」與「變」兩方面論述在論宋人詩話中的用韻觀念對明清詩話之影響：

1. 近體詩

（1）承

明清詩話中承續宋人觀念的有：

甲、通韻

雖然王力先生在《漢語詩律學》中說近體詩必須一韻到底，且不許通韻〔註61〕。但是，這樣的看法並不正確，因為從本文第三節的論述中，我們可知「通韻」是唐宋近體詩中確實存在的一種現象。只是到了清代，詩人們對此提出了兩種不同的看法，如汪師韓《詩學纂聞》言：「律詩不出韻，古詩可用通韻，一定之理也。」但是，在《詩學纂聞》中卻列有「律詩通韻」條，云：

> 律詩亦有通韻，自唐已然，而在東冬、魚虞尤為多。如明皇〈餞王晙巡邊〉長律，乃魚韻，次聯用符字，十聯用敷字，符敷皆虞韻也；蘇頲〈出塞〉五律，乃微韻，次聯用麾字，則支韻也；杜陵〈寄賈嚴兩閣老五十韻〉，乃先韻，末句用騫字，則元韻也；…至如李賀〈追賦畫江潭苑〉五律，雜用紅龍空鐘四字，此則開後人轆轤進退之格，詩中另為一體矣。…元人律詩通韻尤多，名家之集，如元遺山〈望王李歸程〉，乃虞韻，中聯用徐字；…至如嬉春體〈楊子休官〉一章，前四句用刪韻還山二字，後四句用寒韻彈、殘二字，直是轉律詩矣。是則通體通韻者，唐人後人尤多，或是古韻，或是誤記，或是另一體，非可概論也。…進退格乃是兩韻相間而成，亦必韻本相通，非可任意也。〔註62〕

在汪師韓的「律詩通韻條」中，例舉了許多唐、元人用通韻的詩

〔註61〕見《漢語詩律學》，頁44。
〔註62〕見清·汪師韓著，臺靜農編：《百種詩話類編下·詩學纂聞》，頁1689。

例，其中，他把轆轤韻、進退韻視爲通韻的一種，並說「進退韻亦必韻本相通，非可任意」。然而，我們在宋人詩話中所見的進退韻詩例：韓子蒼詩是押虞字韻（蘇夫）與魚字韻（胥鉏），虞魚可通，不用再議；但是李師中待制唐介詩，卻是押寒、山二韻。按《廣韻》中此二韻並未注明可通用，但在實際語言中，眞、文、元、寒、刪、先六韻，都是收 n 尾的陽聲韻，是可以相通的，故宋人以其仍是一進一退體式，亦稱「進退韻格」。由此可見，通韻是詩中一種確實存在的現象，它所牽涉的是用韻的寬嚴問題。

　　乙、變化韻律

　　這裡說的變化韻律，是指上文所提到的「葫蘆韻」、「轆轤韻」、「進退韻」三種用韻方式。在宋人詩話中已曾提出這三種韻律的變化方式，雖然在宋詩話中說是唐人所定的詩格，但在唐人詩論中並未言及，然而，這三種韻律卻仍保留到清代，除吳喬《圍爐夜話》中有述，另冒春榮《葚原詩說》亦有類似的記載，只是，在宋人的詩話中，並未強調此三種韻律所變化的方法是以「可通之韻類」來變化，而清人卻相當重視這點。

　　從清人對「葫蘆韻」、「轆轤韻」、「進退韻」的主張，我們可知，在明清人認爲這三種韻律的變化都是在使用通韻的原則下所產生的，因爲唯有使用通韻來變化韻律，才能符合廣義的「一韻到底」之原則。雖然這樣的主張與唐、宋時期的用法一致，但是，在宋詩話中並未見其強調「通韻」的原則。因爲宋代是承唐之後的朝代，去唐不遠，所以唐詩中用韻的原則仍保留在宋人的心中，不需要多加說明，即已有共識。而明清距離唐代已久，韻律的變化早非原貌，所以詩之用韻，必須加以說明，方才不致於誤用。

　　丙、探韻與和韻

　　和韻、探韻都是限韻的用韻方式，雖然在宋代大爲盛行，但是已爲宋詩人所詬病，明清詩人亦不以爲然，如李東陽《麓堂詩話》曰：

　　　詩韻貴穩，韻不穩則句不成，和韻尤難，類失牽強，強之

不如勿和。〔註63〕

又都穆《南濠詩話》亦曰：

> 古人詩有唱和者，蓋彼唱而我和之。初不拘體製兼襲其韻
> 也。後乃有用人韻以答之者，觀老杜嚴武詩可見，然亦不
> 一一次其韻也。至元白皮陸諸公，始尚次韻，爭奇鬥險，
> 多至數百言，往來至數十首。而其流弊至於今極矣，非沛
> 然有餘之才，鮮不爲其窘束。所謂性情者，果可得而見邪？
> 〔註64〕

可知在明代，詩人對於和韻、次韻皆採取反對的態度，認爲和韻、次
韻不僅侷限了詩文表情達意的功用，且易造成爲韻所牽，無法暢所欲
言的缺失。

　　清人對和韻、次韻的看法亦如明人，如清・趙執信《談龍錄》云：

> 次韻詩：以意赴韻，雖有精思，往往不能自由。或長篇中
> 一、二險字，勢雖強押，不得不於數句前預爲之地，紆迴
> 遷就，以致文義乖違，雖老手有時不免，阮翁絕意不爲，
> 可法也。

> 元、白、皮、陸，並世頡頏，以筆墨相娛樂，後來效以唱
> 酬，不必盡佳，要未可廢。至於追用前人某詩韻，極爲無
> 謂，猶曰偶一爲之耳。遂有專力於此，且以自豪者。彼其
> 思鈍才庸，不能自運，故假手舊韻，如陶家之倚模製。漁
> 獵類書，便於牽合，或有蹉跌，則曰韻限之也，轉以欺人，
> 嘻！可鄙哉！〔註65〕

又袁枚《續詩品》曰：

> 擇韻：醬百二寶，帝豈盡甘。韻八千字，人何亂探。次韻
> 自繫，疊韻無味。鬥險貪多，偶然遊戲。勿瓦缶撞，而銅
> 山鳴。食雞取跖，烹魚去丁。〔註66〕

〔註63〕見《歷代詩話續編・麓堂詩話》，頁1378。
〔註64〕見《歷代詩話續編・南濠詩話》，頁1352。
〔註65〕見清・趙執信著，臺靜農編：《百種詩話類編下・談龍錄》，藝文，
　　　　頁1685。
〔註66〕見清・袁枚著，臺靜農編：《百種詩話類編下・續詩品》藝文，頁1691。

清人大多反對探韻、和韻，認爲那是對詩人文思產生最大限制的陋習，沈德潛甚至明指次韻其實就是趁韻〔註 67〕，詩人只有李重華認爲次韻並無不好，只因詩人胸中無墨，故離卻次韻，使詩不復唱和。〔註 68〕其實，詩韻的限制愈嚴格，對詩人的創作技巧而言，當然是愈加困難，但是，高難度的磨鍊正可以提昇詩作的素質，然而，不可否認的，也會造成詩人因韻制詩，成爲言不及義的下層之作。所以，如何在有限的規則裡，揮灑無盡的才思，這正是詩人最大的考驗。

（2）變

　　明清詩話中提出了一個在宋人詩話中未見的觀念，即「首句借用鄰韻」說：

　　明清人在近體詩韻律的使用上大多和宋人相近，然而，在此要討論一個不同於宋人的用韻觀念，即「首句借用鄰韻」說。據王力先生〈詩律餘論〉〔註 69〕曰：

> 謝榛《四溟詩話》說：「七言絕律，起句借韻，謂之『孤雁出群』宋人多有之。」這裡謝氏發現了一件很重要的事實。可惜講的不夠全面。先說，起句借韻不但七言詩有，五言詩也有。再說，不但宋人多有之，晚唐已經成爲風尚，初唐與盛唐也有少數起句借韻的律絕。…起句借韻的情況並不能說明古人用韻很寬；相反地，它正足以說明古人用韻很嚴，因爲只有起句可以借韻，而且只限於借用鄰韻。起句爲什麼可以借韻呢？這因爲起句本來可以不用韻。王勃

〔註 67〕見清・沈德潛著，臺靜農編：《百種詩話類編下・說詩晬語卷下》，藝文，頁 1686。

〔註 68〕清・李重華《貞一齋詩說》云：「次韻一道，唐代極盛時，殊未及之。至元、白、皮、陸始因難見巧，然亦多勉強湊合處。宋則眉山最擅其能，至有七古長篇押至數十韻者，特以示才氣過人可耳。…蓋次韻隨人起倒，其遣詞運意，終非一一自然，較平時自出機軸者，工拙正自判然也。近世胸中元未有詩，藉以藏拙，故離卻次韻，不復能爲倡和。」見《百種詩話類編下・貞一齋詩說》，藝文，頁 1686。

〔註 69〕見王力：《王力文集・第十九卷・文學語言》〈詩律餘論〉，山東教育出版社出版，頁 296。

> 《滕王閣詩》說：「一言均韻，四韻俱成」。他的《滕王閣
> 詩》共用了六個韻腳而說是四韻，就是因爲沒有把起句的
> 韻算在裡邊。總之，起句借韻不能算是通韻的。

按王力的說法，則自初唐起，即有少數的首句借用鄰韻的詩，這種用
韻的方式一直到宋代方爲大盛。而且，首句借鄰韻並不僅侷限於七言
律詩，而是五七言律絕中皆有，這是一種因古人韻嚴而產生的特殊用
韻法，與一般所謂的通韻不同，因爲其借鄰韻只限於首句。

王力先生這樣的論斷是否正確，實在很值得探討，因爲，若是首
句借用鄰韻是一種不同於通韻的特殊用韻方式，且在宋代最興盛，爲
何在檢閱了現存可見的宋人詩話中，從未見人提出？對此，我們必須
做一辨證的工夫。

據王力先生說，首先提出這個論點的是明代謝榛的《四溟詩話》，
其曰：〔註70〕

> 七言絕句，盛唐諸公用韻最嚴，大歷以下，稍有旁出者。
> 作者當以盛唐爲法。盛唐人突然而起，以韻爲主，意到辭
> 工，不假雕飾；或命意得句，以韻發端，渾成無跡，此所
> 以爲盛唐也。宋人專重轉合，刻意精鍊，或難於起句，借
> 用傍韻，牽強成章，此所以爲宋也。
>
> 七言絕律，起句借韻，謂之「孤雁出群」，宋人多有之。寧
> 用仄字，勿借平字，若子美「先帝貴妃俱寂寞」、「諸葛大
> 名垂宇宙」是也。

接著沈德潛《說詩晬語》：

> 律詩起句不用韻，故宋人以來，有入別韻者，然必於通韻
> 中借入。〔註71〕

錢大昕《十駕齋養新錄》：

> 五七言近體詩，第一句借用旁韻，謂之借韻。〔註72〕

〔註70〕見《歷代詩話續編・四溟詩話》卷一，頁 1143。
〔註71〕見《歷代詩話續編・四溟詩話》卷一。
〔註72〕見《清詩話・說詩晬語》。

江師韓《詩學纂聞》：

> 唐律第一句，多用通用字（韻），蓋此韻不在四韻之數，謂
> 之孤雁出群，然不可通者，亦不用也。〔註73〕

此外，王力先生在《漢語詩律學》一書中也再申首句借鄰韻。今人簡明勇先生〔註74〕、張夢機先生〔註75〕在他們的著作中也都提出相同的論點。

以上諸家論點，雖稍有差異，但基本上都承認有所謂的「首句借鄰韻」之詩法，只是明朝人認為此法是宋代的產物，而清人方上溯至唐朝。然而，不論是主張始於唐或宋，大家一致認定，這樣的用韻方式是在宋代才蔚為風氣。

在前論諸家首句借鄰韻說，我們可以發現，首句借韻的規矩是：

1. 首句借韻必須是借相鄰的韻，且是韻書中規定可通韻的韻部，若是韻書中沒指明可通用者，仍不能借用。
2. 首句之所以可以借用鄰韻，是因為首句原是可入韻，亦可不入韻的，並不算在律詩的四個韻腳中，所以其限制較為寬鬆。

既然首句借韻必須借可通之韻，那和通韻有何不同？為何王力先生說這不能算是通韻？只因為其特色是「限用於首句」？當我們檢閱宋人詩作時，的確可以發現很多首句借鄰韻的作品，如：

林　逋：〈山園小梅〉→妍（先）、園、昏、魂、尊（元）。

歐陽修：〈內直晨出便赴奉慈齋〉，→開（灰）、街、槐、懷、齋（佳）。

〈內直對月寄子華舍人持國廷評〉→傳（先）、盤、闌、單、寒（寒）。

〈伊川獨遊〉→川（先）、間、山、閑、還（刪）。

〈雨後獨行洛北〉→山（刪）、煙、川、前、蟬（先）。

〔註73〕見《清詩話・詩學纂聞》。
〔註74〕見簡明勇《律詩研究》第六章「律詩首句借鄰韻研究」。
〔註75〕張夢機《古典詩的型式結構・律詩的協與襯》，駝峰出版社，頁59。

〈又行次前作〉→原（元）、間、山、還、顏（刪）。

陳與義：〈登岳陽樓〉→西（齊）、遲、時、危、悲（支）。

〈對酒〉→思（支）、迴、來、杯、臺（灰）。

〈次韻周教授秋懷〉→涯（佳）、沙、花、斜、瓜（麻）。

蘇　過：〈偕陳調翁龍山賃舟待夜潮發〉→苗（蕭）、螯、舠、醪、

濤（豪）。

楊萬里：〈寄曾子與競秀亭〉→灘（寒）、船、天、年、邊（先）。

陸　游：〈出近村歸偶作〉→村（元）身、人、新、珍（眞）。

但是，為什麼宋人詩話中卻隻字未提呢？且根據李師立信〈近體詩「首句借鄰韻說」商榷〉一文的研究，唐代不僅有首句借鄰韻的詩作，而且連第二、四、六、八句都有借鄰韻的現象，有的詩甚至使用兩個鄰韻，可見，在唐、宋時期，使用鄰韻並不只限於首句，故「首句借鄰韻說」，並非唐宋人的觀念。

但是，我們也不可否認詩中有「借韻」，且大多數是用在首句，只是，在唐宋人的觀念裡，首句用鄰韻和其他偶數句用鄰韻的理由相同，都是「通韻」，也都可視同一韻到底，但這種以首句出現為多的現象，在明代以後，被詩人誤解了，成為「首句借鄰韻說」之特殊格式。換句話說，在唐宋時的韻律觀是比後來的人更寬一些，所以並不介意詩中隨文意而變換使用可通之韻部，多用在首句，這只是一個偶然或習慣。

而且，雖謝榛說起句借韻是宋人多有之，可是，細看他所言的借韻方式是「寧用仄字，勿借平字」。應是指在首句不入韻的情況下，在首句的末字可借用仄聲韻，造成平仄通押的情形，例如一首詩是押一束韻，則首句可用董韻、送韻或屋韻，形成首句看似不入韻，而實是平仄通押。並非如清人所論的首句非得借用可通韻的「鄰韻」，因此，「首句借用鄰韻」且限借可通之鄰韻的說法，實非唐宋人的觀念，甚至也可說非出自謝榛的本意。今人羅載光《近體詩的理論和方法》一書中，論及「孤雁出群」與「孤雁入群」，他把借用可通之韻，且不限鄰韻者，稱「孤雁入群」；借用可通之韻，且為鄰韻者，稱為「孤

雁出群」。這樣的分法，更是教人不解。﹝註76﹞

2. 古體詩

（1）承

有關明清人在古體詩的用韻方面，繼承宋人觀念的有：

甲、重　韻

宋人論詩，相當重視重韻的問題，明清人論詩，對重韻仍是抱持反對的看法，如明・謝榛《四溟詩話》卷一曰：

> 陳思王〈美人篇〉云…此篇兩用「難」字韻。謝康樂〈述
> 祖德詩〉…此亦兩用「人」字爲韻。魏晉古意猶存，而不
> 泥聲韻。沈隱侯〈白馬篇〉云…。〈緩聲歌〉…此二篇亦兩
> 用「蘭」字、「空」字爲韻。夫隱侯始定聲韻，爲詩家楷式，
> 何乃自重其韻，使人藉爲口實？所謂「蕭何造律，而自犯
> 之」也。﹝註77﹞

又如清・薛雪《一瓢詩話》云：

> 一韻幾押，重用疊出，意複辭犯，失黏借起，雖古人亦往
> 往有之。恐是失檢點處，吾人且避之。﹝註78﹞

明清人反對重韻的立論點是重韻則重字與複意，這也是犯了《文鏡秘府》中所謂的「繁說病」，既是病，則當避免。這樣果決地否定重韻，與宋人只是提出質疑的態度，顯然是有些差異的，但據此也可看出，明清人在用韻上是較宋人更謹慎的。

乙、轉　韻

在變化韻律時，若是使用可通之韻，稱爲「通韻」，若是使用不可通之韻類，就是轉韻了。轉韻即爲換韻，而通韻，則可視爲同一韻。如黃子雲《野鴻詩的》曰：

> 韻有通轉，何也？音相同者謂之通，音不同者謂之轉，如

﹝註76﹞見羅載光：《近體詩的理論和作法》，復文圖書出版，頁85。
﹝註77﹞見《歷代詩話續編・四溟詩話》卷一，頁1154。
﹝註78﹞見清・薛雪著，臺靜農編：《百種詩話類編下・一瓢詩話》，藝文，
　　　頁1692。

一東通冬轉江是也。〔註79〕

因爲明清人認爲近體詩必須一韻到底，此一韻是包括通韻的。所以清詩話中所談到的轉韻方式皆以古體詩爲限，近體詩並無轉韻之法。清人論古體詩的轉韻，大體宗王漁洋和趙執信二人的觀點。王漁洋在《王文簡古詩平仄論》中提到：

> 若換韻者，已非近體，用律句無妨。大約首尾腰銖兩勻稱
> 爲正。〔註80〕

這所說的「銖兩勻稱」，是指換韻的距離要求均勻。如何才是均勻的距離呢？

（甲）七言古體詩換韻法：據《師友詩傳錄》曰〔註81〕：

歷　友：初唐或八句一換韻，或用四句一換韻，其中以四句換韻
　　　　爲主格；四句換韻，更以四平四仄相間爲正，平韻換平、
　　　　仄韻換仄，必不協也。

蕭　亭：除重複歷友說法外，另又提出兩句一韻，此體以多寡勻
　　　　停，平仄遞用，方爲體；亦有平仍換平，仄仍換仄，古
　　　　人不盡拘；亦有通篇一韻，末二句獨換一韻，雖是古法，
　　　　宋人尤多。

這裡提出了七言古體詩有：八句換韻；四句換韻；兩句換韻以及全句一韻、末二句獨換一韻等四種轉韻方式。其中以四句換韻爲正格。換韻的方法以平仄遞用爲佳。

（乙）、五言古體詩換韻法：《師友詩傳續錄》〔註82〕曰：

歷　友：五古換韻，十九首中已有。然四句一換韻以西洲曲爲宗。

〔註79〕見清・黃子雲著，臺靜農編：《百種詩話類編下・野鴻詩的》，藝文，頁 1687.

〔註80〕見清・王漁洋著，臺靜農編：《百種詩話類編下・王文簡古詩平仄論》，藝文，頁 1703.

〔註81〕見清・王漁洋著，臺靜農編：《百種詩話類編下・師友詩傳錄》，藝文，頁 1681.

〔註82〕見清・王漁洋著，臺靜農編：《百種詩話類編下・師友詩傳續錄》，藝文，頁 1683.

蕭　亭：一韻氣矯健，換韻意委曲，有轉句即換，有承句方換，
　　　　　水到渠成，無定法也。要之，用過韻不宜重用，嫌韻不
　　　　　宜聯用。

　　五古仍以四句一換爲主，但是並非定法。此處強調的重點是不宜
用重韻和嫌韻﹝註83﹞不可聯用。

　　由此可知，清人對於古體詩的換韻法以「首尾腰腹銖兩勻稱」爲
要求，雖主張四句換韻爲正格，卻也不排除八句、六句一換等轉換方
式，只要合於「勻稱」即可。至於古體詩首句入韻否，清人也無一致
的主張，大抵以換韻首句入韻爲一般的看法。

　　此外，在平仄韻互轉的古體詩，也提出「平仄遞用」的換韻模式。
但是，眞正的古體詩是韻隨意轉的，並不刻意地要求平聲韻必轉仄聲
韻，這樣要求有規律地平仄遞用，已是唐代律詩盛行以後，詩人運律
入古所產生的「假古體詩」，非古人眞正的「古體」了。

　　總言之，清人在轉韻上的要求已較宋人來得細緻且周全，這也是
轉韻愈趨進步的象徵。

（2）變

　　明清古體詩用韻上和宋人不同的是對於「促韻」的看法：

　　促韻，其實是轉韻的方法之一。其法爲：每句用韻。在唐代逐句
用韻，兩句一換韻稱「擲韻」，但以其換韻太近，聲調不協，故宋人
將兩句改成三句一換韻，稱「促句換韻」﹝註84﹞。這樣的促句換韻格
式，在清代有了不同的發展，如陳儀《竹林問答》曰：

　　　問：每句用韻，三句一換韻，如岑嘉州〈走馬川行〉，豈
　　　其創格，抑有所本邪？此體及兩句一換韻詩，昔人謂之促
　　　句換韻體，實櫱本於毛詩〈九罭〉篇兩句一換之格。古辭
　　　〈東飛伯勞歌〉，崔顥〈盧姬〉篇，皆是本於〈匏有苦葉〉

﹝註83﹞吳喬：《圍爐詩話》云：「嫌韻即出韻也。」見《清詩話續編・圍爐
　　　　詩話》，藝文，頁484。
﹝註84﹞見本文第三節「宋詩話中的韻律」，頁83。

> 篇。此格三百篇中最多，詳見予所作詩誦中。大抵後人詩
> 體，無不源於毛詩。如子建〈贈白馬王〉詩體，本〈文王〉、
> 〈下武〉、〈既醉〉諸篇。昌黎〈南山〉詩，「或」字一段
> 本〈北山〉，疊字一段本〈碩人〉末章及〈斯干〉五章。
> 學者自動將三百篇滑口讀過，從不於此等處體會，安得復
> 有悟入？

又云：

> 問：促句換韻體有五句一轉韻者，如老杜〈短歌行贈王郎司
> 直〉一篇，第三句不用韻，此其定法歟？
> 每句用韻，要是正格。東坡〈太白贊〉七句一轉韻，亦每句
> 用韻。其長篇則如老杜〈大食刀歌〉，前韻十七句，後韻十五
> 句，法度蓋同，特長短有異耳。〈大食刀歌〉前韻末「芮公」
> 兩句，承上轉下處，另作一關鍵，則前後仍各是十五韻也。

依照上面二例所言，清人所論的「促韻」似乎是專指「每句用韻」而
言，並不限於二句一換韻或是三句一換韻，甚至七句一韻的轉韻體也
都稱為「促韻體」。其實，七句一換韻這樣的換韻距離根本就不算短
促，可是，清人仍保留「促句」之名，可見到了清代，「促句」所指
的已不單單指韻律的短促，而是逐句用韻，數韻一轉的格式。

第五節　小　結

　　韻腳，是一首詩的節奏點，古人的詩是配合音樂、舞蹈所產生的，
所以必須講求明顯的節奏，韻律也自然地因應而生。

　　唐盛近體詩，作詩須講究格律，自然的韻律也變成人為的刻意。
詩必用韻成為律化後，就形成一種單調，詩人為求韻律的變化，即不
斷地從最早的詩歌作品中去尋找用韻的模式，因此《詩經》中所有的
逐句用韻、隔句用韻就成為韻律的基調，並因古今韻之不同，而有了
換韻，通韻等型式。

　　唐代的韻律，趨向於保守，以隔句用韻為主，且押平聲韻，這是
當時詩人所共有的「常識」，所以在唐詩論中，少論韻律，即使如《文

鏡》所論，其所舉之例，亦以古體詩爲主，近體似乎並無可變化的韻律。但是到了宋代，宋人在整理前朝作品時發現，唐人雖少論韻律，但是唐人仍在作品中不斷地對韻律作變化的嘗試，於是，宋人以此定出了較唐人繁複的用韻方法，然而，相對地，由於宋代制定《廣韻》爲士子科舉的依據，限制詩人作詩不得出韻，必須以韻書爲唯一的用韻標準，使得宋人在韻部的使用上，較唐人更嚴謹，但是用韻的方法卻比唐代多樣。

　　清人由於樸學盛，治學態度更形嚴謹，在論詩韻時，皆仔細地區分了古、近體詩之不同，不僅近體詩有「譜」可循，古體詩亦講求一定的規律，甚至對古體詩的換韻還分五、七言論。然而，相對於用韻方式的律化，清代的用韻標準卻相當的寬鬆，《詩韻》的韻部只有一百零六韻，已將《廣韻》中標明「同用」的韻部大多合併，如此的發展，似乎與宋人剛好相反，而趨於唐人。

　　我們從本文的各項論述可知，自古至清，古典詩的韻律若分用韻標準和用韻方法而論，則韻律從最早的以口語爲準，隨意變化韻律；至唐代的有了用韻標準，用韻也有一定的格式；再到宋代的講究變化用韻方法，卻受韻書嚴格限制；最後到清代的合併多個音韻相近的韻部，使用韻標準趨寬，卻又嚴格規範用韻的方式來看，整個詩韻的發展過程；用韻標準是由寬而嚴，再至寬；方法是由自然而單調，由單調至多樣，再到講求一定的規律而形成的單調。二者是以相輔相成的姿態出現，一方放寬，另一方即收束，在這一收一放間，協調了中國古典詩的韻律。

　　宋人論韻，脫離不了唐人的影子，相同的，清人論韻，也承襲了宋人諸多格式，如促韻律等。此外，宋人提出的葫蘆韻、轆轤韻、進退韻等，在清代卻仍保留其名，成爲一固定的用韻格式，所以，我們可以說，在詩韻的標準上，清人較偏向於唐人的用韻標準，但是在用韻的格式上，清人受宋人的影響較大。

第四章　論整齊之美──對仗

　　我們在討論詩的格律時，「對仗」亦是用來判斷其是否為近體詩（即所謂律詩）的一個重要環節。在初學者的觀念中，總是認為古、近體詩的分別是：古體詩不講求對仗，而近體詩除首、尾聯外，皆須對偶工整。〔註1〕然而，何謂「對仗」呢？提到這個問題，現在多將其歸納到修辭學上，認為所謂的「對仗」即是指名詞對名詞、動詞對動詞、形容詞對形容詞，量詞對量詞等，且文法結構必須相同的一種修辭方式。然而，古體詩真的不用對仗嗎？對仗到底是如何形成的？其在詩（尤其是近體詩）中，究竟有何作用？宋人承唐遺緒，在律詩的觀念上，對於對仗的主張與前人有何異同？這些主張對後代的詩律有何影響？以上這些問題，都是本文探討的重點，希望藉由這些問題的釐清，找出對仗的真正作用。

第一節　對仗的起源與發展

　　此節主要論述對仗形成的原因，以及對仗在作品中的作用，並將自對仗有分類之名始至唐代為止，各期的名稱、內容作比較，以明其

────────────

〔註 1〕如啓功先生《詩文聲律論稿》即將中間兩聯必須對仗視為詩律的必要條件。

演變的過程，以便與下節之宋人對仗論作一比較。

一、對仗形成之因

「對仗」在外國文學作品中很少發現，這似乎已成爲中國文學作品的一個特色，爲什麼外國文學無法形成而中國卻可以呢？這是因爲中國文字是單音節文字，由單音節的字組成詞，很容易形成對偶：如「紅」和「綠」；「花」與「葉」都可形成對偶。而這些自然生成的對比詞又可組合成另一種對仗：「紅花」與「綠葉」。甚至連四個字的組合也可形成對仗：「紅花綠葉」對「青天白日」。這是外國語句無法做到的。即使在古人寫作散文作品時，也都可以發現對仗的句子，如：

流共工於幽州，放驩兜於崇山。(《尚書‧禹貢》)

冬溫而夏凊，昏定而晨省。(《禮記‧曲禮》)

同聲相應，同氣相求。(《易‧乾卦‧文言》)

武夫力而拘諸原，婦人暫而免諸國。(《左傳‧隱公三十三年》)

有終身之憂，無一朝之患。(《孟子‧離婁》)

琢琢如玉，落落如石。(《老子‧第三十九章》)

大言炎炎，小言詹詹。(《莊子‧齊物論》)

這些都是古散文中的對仗句，這種情形，在韻文中更是常見的，如

《詩經》：

左手執籥，右手秉翟。(《邶風‧簡兮》)

洪則有岸，隰則有泮。(《衛風‧氓》)

覯閔既多，受侮不少。(《邶風‧柏舟》)

父兮生我，母兮鞠我。(《小雅‧蓼莪》)

昔我往矣，楊柳依依。今我來思，雨雪霏霏。(《小雅‧采薇》)

《楚辭》：

騏驥伏匿而不見兮，鳳凰高飛而不下。(《九辯》)

朝搴阰之木蘭兮，夕攬洲之宿莽。(《離騷》)

製芰荷以爲衣兮，集芙蓉以爲裳。(《離騷》)

采薜荔兮水中，搴芙蓉兮木末。(《九歌‧湘君》)

鳥次兮屋上，水周兮堂下。(《九歌‧湘君》)

悲莫悲兮生別離，樂莫樂兮新相如。(《九歌‧少司令》)

　　以上所例，都是古籍中常見的句子，諸如此類的對仗，不僅在散文中可見，韻文類的歌詩謠諺更是多得不勝枚舉〔註2〕。由此可知，古人在寫作時，不分韻文與否，皆筆隨意至地使用對仗，並不侷限於韻文中。即早期中國文學中對仗的使用是出於自然的運用，並非刻意的安排，就如劉勰《文心雕龍‧麗辭》云：

造化賦形，支體必雙，神理爲用，事不孤立。夫心生文辭，運裁百慮，高下相須，自然成對。〔註3〕

《石林詩話》亦曰：

晉魏間詩，尚未知聲律對偶，然陸雲相謔之詞，所謂『日下荀鳴鶴，雲間陸士龍』者，乃指爲的對。至『四海習鑿齒，彌天釋道安。』之類不一。乃知此體出於自然，不待沈約而後能也。〔註4〕

　　文句成對本是自然的表現，但隨著中國文學的演進，對仗的句子在韻文中所佔的比例愈來愈重，最後終至成爲詩歌中的必要體式。

　　由原先對仗自然，而後逐漸成爲人爲的規律，這種轉變是自漢代開始。漢承先秦文風，做《楚辭》的體式作漢賦，「賦」的文體特色是「鋪采摛文、儷辭駢句」。重視以誇張的手法，板滯的形式來描寫宮苑的富麗，都城的繁華，物產的豐饒，神仙、田獵的樂事，以及王

〔註2〕李師立信〈論六朝詩的賦化〉一文中，曾對楚辭中各篇對仗所佔的比例做詳細的統計，其中：漁父39%、卜居32%、九歌29%、離騷26%、九章17%、天問13%、大招15%、招魂1.4%。即若大招、招魂不算，則屈原的作品中有28%的對仗，佔作品的1／4以上。此文收於《第三屆詩學討論會論文集》，彰化師範大學編。而近人逯立欽先生校緝的《先秦漢魏晉南北朝詩》所收錄自上古至隋末的歌詩謠諺中，對仗的情形更是多見。

〔註3〕見劉勰著，周振甫注：《文心雕龍注釋‧麗辭第三十五》，里仁書局出版，83年7月15日再版，頁555。

〔註4〕見宋‧葉少蘊著，明‧何文煥訂：《歷代詩話‧石林詩話卷下》，藝文印書館，80年9月五版)，頁258。

公貴人的奢侈生活。當時的文人，爲了要造成文章的宏偉富麗，往往將文句羅列排比堆砌以達到效果，而這種排比句式的方式，就造成人爲的對仗。這種情形在六朝不僅沒有逍退，反而愈加地趨於固定。

六朝時期流行體製短小的駢賦，「駢」是指並列、成雙之意，即是對仗。再加上六朝時期，由於佛教的傳入，爲了轉譯佛經，有了反切，文人的四聲觀形成，在對仗上不再只是講求文意上的對仗，更增添了聲音上的對仗，也因此確立了對仗的體式，並成爲後來唐代律詩中對仗的形式。

二、對仗的作用

對仗除了是出於自然的反應外，在詩學作品中到底有何作用，爲何詩人在詩體演進中一直十分青睞，並一再地提昇其地位？綜合各家的說法整理如下〔註 5〕：

1. **精煉語言**：由於中國的詩歌大多以體制短小爲主〔註 6〕，詩人們在有限的篇幅中，要將個人的情思心緒作一完整的表達與描述時，則必須要精煉語言，而「對偶，在客觀上，源於自然界的對稱；在主觀上，源於心理學上的『聯想作用』，和美學上『對比』『均衡』『勻稱』的原理，而漢語的孤立與平仄之特性，又恰好能滿足這種客觀現象與主觀作用之表達。」〔註 7〕因此，利用對偶的特性來精鍊語句，顯示出對自然在基本上形成對照的種種樣態的知覺力，以增強詩的結構，達到凝重平穩的效

〔註 5〕 參見王力《王力文集》第十九卷，頁 307～308；曾永義〈舊詩的體制規律及其原理（上）〉，《國文天地》75 年 7 月，頁 59；童鷹九〈五律三論〉，《嘉義師專學報》71 年 5 月，頁 26（總 302）；鍾蓮英〈中國詩律研究〉，《藝術學報》，74 年 6 月，頁 27；劉若愚《中國詩學》，頁 250；張夢機《古典詩的形式結構‧對偶的體與用》，頁 139 等論著。

〔註 6〕 《石林詩話》卷上云：「長篇最難，晉魏以前，詩無過十韻者。」見《歷代詩話》，頁 244。

〔註 7〕 見黃慶萱：《修辭學》，頁 447。

果。這當然是對仗的功用之一。

2. **造成形式之美**：由於中國的單音節文字特色，才能形成整齊的對仗，使兩兩對應的句子，在外形上形成如龍門對峙，日月雙懸的美感；除此之外，由於對仗所講求的不僅是文意上的相同，也注重其音律相異所形成的對比，如沈約《宋書·謝靈運傳論》：「夫五音相宣，八音協暢，由乎玄黃律呂，各適物宜。欲使宮羽相變，低昂互節，若前有浮聲，則后須切響。一簡之內音韻盡殊，兩句之中輕重悉異。妙達此旨，始可言文。」這樣的對比，使文句突破了句式上相同所易造成的板滯，讓作品內容富於變化，其作用如朱自清先生論律詩中間兩聯時所說的：「對偶在中間四句，就是第一組節奏的後兩句，第二組節奏的前兩句，也是異中有同，同中有異；這樣，前四句由散趨整，後四句由整復歸於散，增加兩組節奏的往復迴環的效用。」這樣的從多樣中求整齊，從不同中找協調，形成和諧的形式美，自然是對仗的功用之二。

3. **增加作品的音樂性**：對仗有兩種：一是指意義上的對仗，另一則是指聲音上的對仗。如上文所言，對仗是要在聲音上達到「欲使宮羽相變，低昂互節，若前有浮聲，則后須切響。一簡之內音韻盡殊，兩句之中輕重悉異」，相異的音韻，讓作品鏗鏘有力，自然產生節奏感，不致流於單調沉悶，除可增添詩作的音樂性外，也更能藉由聲音高低、長短不同的變化，將詩人的情思作更完整貼切的表達。這是對仗的第三個功用。

因為對仗有精煉語言、使詩體更富形式美及讓詩歌與音樂關係更密切的作用，而這些特色，又正好符合唐代時期創作達到顛峰的近體詩式，故對仗就成為近體詩的一個必要條件。

三、宋以前對仗的分類

最早對對仗提出分類的是梁朝的劉勰，他在所著的《文心雕龍·

麗辭》一文提出「四對」之說：

> 故麗辭之體，凡有四對：言對爲易，事對爲難，反對爲優，
> 正對爲劣。言對者，雙比空辭者也；事對者，並舉人驗者也；
> 反對者，理殊趣合者也；正對者，事異義同者也。〔註8〕

接著又解釋說：

> 長卿上林賦云：「修容忽禮園，翱翔乎書圃。」此言對之類
> 也；宋玉神女賦云：「毛嬙鄣袂，不足程式，西施掩面，比
> 之無色。」此事對之類也；仲宣登樓云：「鍾儀幽而楚奏，
> 莊舃顯而越吟。」此反對之類也；孟陽七哀云：「漢祖想枌
> 榆，光武思白水。」此正對之類也。

劉勰將對仗分成四類：言對、事對、反對、正對。並加以評論：言對
爲易，事對爲難，反對爲優，正對爲劣。但是，不論言對、事對、反
對、正對，所討論的都是針對字句表面或用事的異同，並未涉及聲律
的部分。因爲當時的文人雖已有了初步的音律觀，但在運用上仍未臻
成熟，故知初期的對仗觀即：早期的文人在寫作時，所使用的對仗僅
講求文句表面的意對，未尙考量到聲音的層面。

　　自此以後，討論對仗的論著紛紛出現，如：

（一）上官儀的「六對」「八對」之說

　　據《詩人玉屑》引《詩苑類格》曰：〔註9〕

> 唐上官儀曰：詩有六對：一曰正名對，天地日月是也；二
> 曰同類對，花葉草芽是也；三曰連珠對，蕭蕭赫赫是也；
> 四曰雙聲對，黃槐綠柳是也；五曰疊韻對，彷徨放曠是也；
> 六曰雙擬對，春樹秋池是也。
>
> 又曰：詩有八對：一曰的名對，送酒東南去，迎琴西北來
> 是也；二曰異類對，風織池間樹，蟲穿草上文是也；三曰
> 雙聲對，秋露香佳酒，春風馥麗蘭是也；四曰疊韻對，放

〔註8〕同註2。

〔註9〕見宋・魏慶之：《詩人玉屑》卷之七，世界書局印行，81年9月六版，
　　　頁165。《詩學指南》卷三〈魏文帝・詩格〉亦有同樣的記載，廣文
　　　書局印行，76年3月再版，頁73。

　　蕩千般意，邐延一介心是也；五曰聯綿對，殘河若帶，秋
　　月如眉是也；六曰雙擬對，議月眉欺月，論花頬勝花是也；
　　七曰回文對，情新因意得，意得逐情新是也；八曰隔句對，
　　相思復相憶，夜夜淚沾衣，空歎復空泣，朝朝君未歸是也。

這些對仗的方式，六朝詩人，大多已初步應用〔註10〕，到了上官儀，
始正式歸納起來，並予定名，成爲當時考試制度上，評論甲乙的標準，
對當時文人與詩體律化而言，影響很大。

　　而且，從上官儀的「八對」中，我們可以發現，由於唐人對聲律
的掌握已超越了六朝的詩人，所以在對仗上也增加了以聲律爲主的
「雙聲對」、「疊韻對」等項目。不再純以意對論。

（二）王昌齡「勢對五例」

　　唐代詩人王昌齡在其所著之「詩格」一書，以實際的創作經驗提
出五種對仗方式：

　　一曰勢對：陸士衡詩『四座咸同志，羽觴不可算。』曹子
　　建詩『誰令君多念，遂使懷百憂。』以『咸同志』對『不
　　可算』；以『多念』對『百憂』是也。二曰疎對：陸士衡詩
　　『哀風中夜流，孤獸哽我前。』此依稀對也；又詩『人生
　　無幾何，爲樂常苦晏。』此孤絕不對也。三曰意對：陸士
　　衡詩『驚飆褰友信，歸雲難寄音。』；古詩『四顧何茫茫，
　　東風搖百草。』四曰句對：曹子建詩『浮沉各異勢，會合
　　何時諧。』五曰偏對：重字與雙聲疊韻是也。〔註11〕

王昌齡所提出的五種對仗，相較之下似乎比上官儀的六對、八對少
了一些，然而，上官儀提出的對仗，多指外在的形式或字句上的對
仗方式；而王昌齡所論的，除了「偏對」外，幾乎全是以詩的文意
爲對，可說一是討論詩的外在形式，一是討論詩的內在含義，二者
正爲互補。

〔註10〕見劉大杰《中國文學發展史》，華正書局，80 年 7 月再版，頁 422。
〔註11〕見《詩學指南》卷三，廣文書局出版，76 年 3 月再版，頁 89。

（三）李嶠「詩有九對」

唐‧李嶠在其所著《評詩格》一書中提出詩有九種對仗之法：

> 一曰切對：謂象切物正不偏枯。二曰切側對：詩曰『魚戲新荷動，鳥散餘花落。』三曰字對：詩曰『山柳架寒露，池篠韻涼飆。』四曰字側對：謂字義俱別，形體半同。詩曰『玉雞清五洛，瑞雉映三泰。』五曰聲對：謂字義別，聲名對也。詩曰『疎蟬韻高柳，密鳥掛深松。』六曰雙聲對：詩曰『洲渚近環映，樹石相因依』七曰雙聲側對：詩曰『花明金谷樹，菜映首陽薇。』八曰疊韻對：詩曰『平明披繡帳，窈窕步花庭。』九曰疊韻側對，詩曰『浮鍾宵響徹，飛鏡晚光斜。』〔註12〕

李嶠此處所提的九種對仗方式，除「切對」、「切側對」外，幾乎全是以文字的聲、韻為討論的重點，這也可以看出唐人由於近體詩的發達，對於聲、韻運用也就更形細微，在對仗上不再只求外在的形式，或內在的文意，而是更深入字的形、音、韻。故，我們說近體詩的對仗包含兩種：一是文句上的對仗，一是音韻上的對仗。此亦可見。

（四）皎然「六格」「八對」之說

唐僧皎然於其所撰之《詩議》〔註13〕一書中也提出了有關對仗的理論曰：

> 詩有六格：一曰的名對：詩曰『日月光天德，山河狀帝居。』二曰雙擬對：詩曰『可聞不可見，能重復能輕。』三曰隔句對：詩曰『始見西南樓，纖纖如玉鈎。末映東北墀，娟娟似蛾眉。』四曰聯綿對：詩曰『望日日已晚，懷人人未歸。』五曰牙成對：詩曰『歲時傷道路，親友在東西。』六曰類對：詩曰『離堂思琴瑟，別路遶山川。』又宋員外詩以早潮偶故人，非類為類是也。

又：

〔註12〕同註11，頁93。
〔註13〕同註11，頁95。

詩有八種對：一曰鄰近對：詩曰『死生今忽異，勸娛竟不同。』
又詩曰『寒雲輕重色，秋水去來波。』上是義，下是正名。
二曰交絡對：賦曰『出入三代，五百餘載。』三曰句當對：
賦曰『熏歇燼滅，光沉響絕。』四曰含鏡對：賦曰『悠遠長
懷，寂寥無聲。』五曰背體對：詩曰『進德智所拙，退耕力
不任。』六曰偏對：詩曰『蕭蕭馬鳴，悠悠旆旌。』謂非極
對也。古詩『古墓犁爲田，松柏摧爲薪。』又詩『日月光太
清，列宿耀紫微。』又詩『亭皋木葉下，隴首塞雲飛。』全
其文采，不求至切。沈給事詩『春豫遇靈沼，雲旌出鳳城。』
但天然，雖虛亦實。七曰假對：詩曰『不獻胸中策，空歸海
上山。』或有人以「推薦」偶「拂衣」是也；至如「渡頭」
「浦口」；「水面」「波心」，俗類是也。八曰雙虛實對：詩曰
『故人雲雨散，空山來往疎。』此即牙成也。

在皎然的「六格」、「八對」中，我們可以發現，唐代的對仗已從詩文
的外在形式與內在含蘊之外，更擴大至對仗位置的改變（如隔句對、
交絡對等），以及運用文義形式的共同爲對方式（如鄰近對），並注意
到用相同或相反的字句爲對（如聯綿對、虛實對等），由此可知，詩
的對仗在唐代有愈趨縝密的趨勢。

（五）空海（弘法大師）「二十九種對」

空海是唐朝時期由日本來到中國的學問僧，他以在當時的學習經
驗撰述成書，著作頗豐，其中有關詩的創作理論爲《文鏡秘府論》，
在此書中，空海融合了沈約、陸厥、王昌齡、元兢等有關詩格的理論，
整理出對仗的二十九種方式曰：

余覽沈、陸、王、元等詩格式等，出沒不同。今棄其同者，
撰其異者，都有二十九種對，具出如後。其賦體對者，合
彼重字、雙聲、疊韻三類，與此一名；或疊韻、雙聲，各
開一對，略之賦體；或以重字屬聯綿對。今者，開合俱舉，
存彼三名，後覽達人，莫嫌煩冗。〔註14〕

〔註14〕見訂補本（日）弘法大師原撰，王利器校注：《文鏡秘府論校注‧東

由以上的論述可知，空海《文鏡秘府論》是當時對仗方式作一集大成的工作，雖然其中有些方式雷同，但因縝密度不一，而有分合不同的情形，亦並存其名，以求完備。這二十九種對仗方式可約略歸納成以下幾類：

1. 正　對

　　這包含了「的名對」、「互成對」、「平對」、「同對」、「奇對」以及「鄰近對」等六種對仗方式。其中「的名對」是最基礎的對仗方法。

　　《文鏡》曰：「的名對者，正也。凡作文章正正相對。」如詩曰「東圃青梅發，西園綠草開。砌下花徐去，階前絮緩來。」前二句中以「東圃」對「西園」，「青梅」對「綠草」，「發」對「開」，不論是名詞對名詞或動詞對動詞，皆對得四平八穩，字字工整。下二句亦是如此。這是最典型的對仗。而「互成對」則可說是「的名對」的變體。如天與地對，日與月對，二字若上下句使用，則是「的名對」，如果兩字一處用之，就成了「互成對」；「平對」、「同對」和「鄰近對」也都近似「的名對」，只是「的名對」的對仗較工整、嚴謹，而「平對」、「同對」和「鄰近對」的對仗對得較寬，如「青山」對「綠水」，雖也同屬顏色對，可是山與水並不同類，只是同為天文門，這也是正對的一種。

2. 反　對

　　和正對相反的即為反對。反對包含了「異類對」、「背體對」二者。其中，「異類對」所指的是以不同類的事物相對，如天與山對，鳥與花對，風與樹對等，皆是「異類對」。另外，若以雙聲對疊韻，或雙擬對回文，亦是異類對之屬；而「背體對」指的是以文意相反者為對，如詩曰「進德智所拙，退耕力不任。」以「進德」與「退耕」二者相背為對也。一般認為反對的技巧勝正對。

3. 字　對

　　這裡所說的字對，是以詩中的文字為對仗方式，如「字對」、「側

對」、「雙擬對」、「回文對」、「聯綿對」之類。其中「字對」與「側對」者，是取字或字的偏旁爲對，不論字義，如詩曰「玉雞清五洛，瑞雉映三泰。」其中「玉雞」與「瑞雉」即是「側對」；若兩個相同的字在一句中分開使用，稱爲「雙擬對」，如詩曰「夏暑夏不衰，秋陰秋未歸。炎至炎難卻，涼消涼易追。」；但如果兩個相同的字合起來，以重字爲對，則是「聯綿對」，如「看山山已峻，望水水仍清。聽蟬蟬響急，思鄉鄉別情。」是也；而「回文對」則是指相同的兩個字在上下句中，連續使用，如「情親由得意，得意遂情親，新情終會故，會故亦經新。」即爲「回文對」。不論是「雙擬對」「聯綿對」或「回文對」，都是在上句使用了，下句亦必用之，如此才對得平穩、工整。

4. 賦體詩

《文鏡》曰：「賦體對者，或句首重字，或句首疊韻，或句腹疊韻，或句首雙聲，或句腹雙聲：如此之類名爲賦體對。」由此可知，賦體對包含了：「雙聲對」、「疊韻對」、「雙聲側對」、「疊韻側對」〔註15〕等。其中「奇琴」、「精酒」、「妍月」等，是雙聲對；「徘徊」、「窈窕」、「眷戀」等，是疊韻對；而「雙聲側對」、「疊韻側對」則是指字義不同，取同爲雙聲、疊韻爲對而已。

《紺珠集》引《古今詩話》云：「李重華《貞一齋詩話》：『匠門業師問余：『唐人作詩，何取於雙聲疊韻？能指出妙處否？』余曰：『以某所見，疊韻如兩玉相扣，取其鏗鏘；雙聲如貫珠相聯，取其宛轉。』業師歎賞久之。」〔註16〕可見詩中採雙聲、疊韻爲對可增加詩句之鏗鏘、宛轉。

5. 借　對

或稱「假對」，即假借字之聲、義爲對是也。這其中包含了借聲爲對的「聲對」，如詩曰「形驕初驚路，白簡未含霜。」其中「路」

〔註15〕《文鏡》中第二十七「切側對」，李嶠《評詩格》列爲「疊韻側對」例。
〔註16〕見《文鏡秘府校注》東卷，頁 289 註 12。

音同「露」，故借與「霜」對；又有借聲與義為對的「假對」，如「不獻胸中策，空歸海上山。」其中「策」借「澤」與「山」為對也。這些全屬借對的範圍。

6. 意　對

這是指以詩文中的句意為對，其中包括了「意對」、「含鏡對」、「偏對」、「雙虛實對」、「總不對對」等。皆以文意或詩中之意境為對仗之要素，初看似對得不工整，但事意相因，二句合成方為一完整的句意。詩人認為如此之作方為高妙的佳作。

7. 改變對仗位置之對仗

基本上，對仗是指上句對下句。而這類的對仗，卻是以改變這種正規的對仗方式，來達成對仗的技巧。方法包括了：把原本兩句為一對仗單位的方式加以縮短，成為本句自對的「當句對」；或是將其拉長成四句為一對仗單位，即第一句與第三句對仗，第二句與第四句對仗，即稱為「隔句對」；另外還有一種對仗方式，雖然仍是上句對下句，但是，是以上句的前半段對下句的後半段，上句的後半段對下句的前半段，這種改變對仗位置的對仗方法稱為「交絡對」，如「出入三代，五百餘載」即是也。

從這些歸納，我們可以看出，當時的詩人，在對仗方面的確曾做了相當多的努力與嘗試，對仗的技巧從詩文的外在到內蘊，甚至在文字的形、音、韻等各方面都面面俱到，相當地完備。

從上段的述敘，我們可以發現：從梁・劉勰《文心雕龍・麗辭》開始對對仗提出分類後，對仗的方式由「六對」「八對」「九對」，一直至唐空海《文鏡秘府論》為對仗所作的整理，對仗的方式已由四種擴充為二十九種。此一歷程所代表的意義不僅是數字的增加，也是對仗已由粗略轉趨精密的象徵：從最初的只重視文義上的對仗，進而擴大到聲音上的對仗，並在此二種基礎上，不斷地尋求變化，以造成各種不同的對仗方式，這樣的變化當然和當代盛行的近體詩是脫離不了

關係的。

　　自六朝詩人將聲律加入詩中運用後，詩人開始在聲律上加強限制，如齊梁體與古體詩，最大的差異即在音律的限制。而後此種限制在唐代成爲定式。而唐代詩人爲求詩的多樣性，便只有在定式的格律中，運用對仗中的意義、句式、聲音來求變，以致使對仗的方式更精細縝密。

第二節　從宋詩話看宋人論對仗

　　宋詩承唐遺緒，亦是以近體詩之創作爲主，但是在作品的要求上，已與唐代略有不同：整個近體詩的創作，一般而言，可分成三個階段：齊梁時期是近體詩的萌芽期，所有的體式規範仍未健全，但已有一些粗略的模式可依循；整個唐朝則是近體詩的全盛期，近體詩的格律已在此時期建立、確定，詩人們在既定的格律中盡力地去變化，無論是內容或體式上，幾至完備的狀態；而至宋代，則是近體詩的整理與反省期。宋代的詩人，面對前期詩風的頂盛和完備，既無力跳脫，便只有加以整理、歸納，以期從中另闢出蹊徑。這樣的情況也造就出宋詩不同於唐詩的風格。

　　「詩話」既是宋代方興的一種有關詩的著作，所有宋代詩人對詩作的各種觀念，也在此種著作中展露無遺。在宋詩話中，我們可以發現，宋人爲了掙脫近體詩所帶有的濃厚「格律」味道，遂將評論的重點多放在意境方面去加以探討，而對於有關詩格的對仗，並無像王昌齡、李嶠、空海等人般地特別提出專論予以探討，而只能從各詩話條列式的評論中，零星地去加以整理。其中對「對仗」的種類有較完整敘論的僅有的三例：

　　1. 魏慶之《詩人玉屑》引《詩苑類格》敘上官儀的「六對」「八對」之說，見上節所述。

　　2. 沈存中《夢溪筆談》卷十五云：

古人文章自應律度，未以音韻爲主。自沈約增崇韻學，其論文則曰：「欲使宮羽相變，低昂殊節，若前有浮聲，後須切響。一簡之內，音韻盡殊，兩句之中，輕重悉異，妙達此旨，始可言文。自後浮巧之語體制漸多，如傍、蹉對；假對；雙聲疊韻之類。…如〈九歌〉「蕙殽蒸兮蘭藉，奠桂酒兮椒漿。」當曰「蒸蕙殽」對「奠桂酒」，今倒用之，謂之蹉對。如「朱耶之狼狽，致赤子之流離。」不唯赤對朱，兼狼狽流離，乃獸名對鳥名；又如「廚人具雞黍，稚子摘楊梅。」以雞對楊，如此之類，皆爲假對。如「幾家村草裡，吹唱隔江聞。」幾家村草、吹唱隔江皆雙聲。如「月影侵簪冷，江光逼履清。」侵簪逼履皆疊韻。〔註17〕

3. 陳郁《藏一話腴》曰：

王勃《滕王閣記》云：「物華天寶，龍光射斗牛之墟；人傑地靈，徐孺下陳蕃之榻。」蓋一句之中，「物華天寶，龍光射斗牛」自爲對，謂之貼身對也。鄭谷《吊僧》詩云：「幾思聞靜話，夜雨對禪床。未得重相見，秋燈照影堂。」以後二句對前二句，扇對也。《月中桂》詩云：「根非生下土，葉不墜秋風。」《山行》云：「閒尋樵子徑，偶到葛洪家。」《僧遷居》云：「住山今十歲，（脫一句）。」假對也。《懷古》云：「經來白馬寺，僧到赤烏年。」借對也。趙芝田云：「近方辭地肺，本自住天台。」及子午谷、丁卯橋、琴心、眼帶之類，的對也。余嘗因是以槽甲對密丁，山龜對軒鶴。

〔註18〕

從上面的三段敘述，我們可以發現，宋代對於「對仗」的分類似乎比空海《文鏡秘府》中所敘要簡單淺顯，種類也少了很多。是否宋人對於對仗的要求不再像唐代那麼嚴格、多變了呢？當我們從宋詩話中逐條析出有關對仗的論述時，便會發現，這樣的揣測並不正確！

以下我將從宋人詩話中所整理出來，有關對仗的理論做一分析，

〔註17〕見《稗海》，頁1026。
〔註18〕見《宋人詩話外編》下，頁1370。

以明宋人對於對仗的看法：

一、工整對

　　這是對仗的基本法則，就字法而言，雙聲對雙聲，疊字對疊字；就類別而言，天文類對天文類；就詞性言，名詞對名，動詞對動詞。最具代表性的是：

> 荊公「種種春風吹不長，星星明月照還稀。」詠白髮也。「種種」出左氏，音董。「星星」對「種種」甚工。─《艇齋詩話》〔註19〕

這二句詩中，表面上看起來，幾乎無一字對得不工整；以「種種」對「星星」，就字法言，是疊字對疊字。以「吹」對「照」就詞性言，是動詞對動詞。以「不長」對「還稀」是副詞對副詞。但是，「月」對「日」方為的對，〔註20〕但以風月相對，則為異類對。不過，以「春風」對「明月」，二者同屬天文類，仍符合前面所說的「工對」原則，故《艇齋》稱其為「甚工」。

　　由此可知，不僅疊字對（賦體對）、的名對是屬於「工整對」的範疇，甚至連異類對亦然，在《文鏡秘府論》中甚至認為異類對勝於同類對。因為作異類對者必須「並是大才，籠羅天地，文章秀卓，才無擁滯，不問多少，所作成篇，但如此對，益詩有功。」〔註21〕若非富有滿腹經論者，是無法隨意舉類，自能成對的；而且「異類對」所對者雖非同類，然仍有其大致的範圍，如「風」與「月」對，雖為異類對，但二者均屬天文類。這個觀念也深深地影響了宋代詩人，如《石林詩話》云：

> 嘗有人向公稱「自喜田園安五柳，但嫌尸祝擾庚桑」之句，以為的對，公笑曰：「伊但知『柳』對『桑』為的，然庚亦自是數。」蓋以十干數之也。〔註22〕

〔註19〕見宋・曾季貍：《艇齋詩話》，廣文書局，頁67。
〔註20〕見《文鏡秘府》東卷，二十九種對之「的名對」云，頁265。
〔註21〕見《文鏡秘府論》，頁278。
〔註22〕見《歷代詩話・石林詩話》卷中，頁252。

這兩句詩中,「自喜」對「但嫌」,「安」對「擾」,「五柳」對「庚桑」皆爲的對,但是「田園」對「尸祝」便是異類對,然而,當時人仍以這兩句詩爲的對,可見,在宋代「異類對」是屬於工整對的範圍。

另外,王安石自己更是提出「庚亦是數」來強調這二句對仗的技巧性。因爲「五」是數,而「庚」亦是十天干中之一,假借其「亦是數」的特性來與「五」對,是宋代詩人常用的技巧,這樣的用法即是對仗中的「假借對」。如《天廚禁臠》云:

> 「根非生下土,葉不墜秋風。」「五峰高不下,萬木幾經秋。」以「下」對「秋」,蓋「夏」字聲同也。「因尋樵子徑,偶到葛洪家。」「殘春紅藥在,終日子規啼。」以「子」對「洪」,以「紅」對「子」,皆假其色也。「閑聽一夜雨,更對栢巖僧。」「住山今十載,明日又遷居。」以「一」對「栢」,以「十」對「遷」,假其數也。〔註23〕

「假借對」又稱「假對」或「借對」,蓋有假借聲同所形成之義爲對者,如上例之「下」同「夏」音,「洪」聲同「紅」,「子」與「紫」同音,「栢」同「百」,「遷」同「千」等,皆是假借其聲,這樣的對仗,在唐代又稱爲「聲對」;此外,另有借名爲對者,如《觀林詩話》云:

> 杜牧之云:「杜若芳州翠,嚴光釣瀨喧。」此以「杜」與「嚴」爲人姓相對也。又有「當時物議朱雲小,後代聲名百日懸。」此乃以「朱雲」對「白日」,皆爲假對。雖以人姓名偶物,不爲偏枯,反爲工也。如涪翁「世上豈無千里馬,人間難待方九皐。」尤爲工緻。〔註24〕

上例各詩中,有假借人的姓氏爲對者;也有借人名爲對者,如「朱雲」對「白日」,嚴格地說,是借朱雲的「朱」對「白日」之「白」,二者亦是「顏色對」;此外,也可假借人之姓名與物對,如「千里馬」對「方九皐」兩者雖不相等,應屬異類對,然仍假借其同爲名詞的特性爲對。其實,假借使得好,有時比正對更能增益詩的技巧性,如《履

〔註23〕見宋・釋惠洪:《天廚禁臠》卷上,頁6～8上。
〔註24〕見宋・吳聿著,丁福保輯:《歷代詩話續編・觀林詩話》,頁118。

齋詩話》云：

> 詩律有借對法，苟下字工巧，賢於正格也，少陵北鄰云「愛
> 酒晉山簡，能詩何水曹。」贈張四學士云「紫誥仍兼綰，
> 黃麻似六經。」…蓋用「山簡」對「水曹」，「兼綰」對「六
> 經」…亦「清秋方落帽，子夏正離群」之比也。如少游與
> 子瞻同席，自矜髭鬚之美曰「君子多乎哉？」子瞻戲曰「小
> 人樊須也。」尤借對之的者，況又全用經語。〔註25〕

杜甫詩中以「兼綰」對「六經」，就詩意而言並不相對，但是，律詩
的對仗工整與否，也包含了字的形、音、義，而「兼」對「六」，「綰」
對「經」，不論在字形、字音與字義上均相對，故是「借之的者」。這
種對仗方式在唐代也稱爲「字對」，也就是字對而詩意不對。其中「六
經」本已成爲專有名詞，而非讀如字，所以在詩句中的涵意必是超過
字面上的意思，這樣的創作技巧對詩人而言，並不是件容易的事，要
做得不露刻痕方爲巧妙，才能在字面之外另蘊弦外之音。而這不僅是
提高了詩作的寫作層次，也增加讀者誦詩的樂趣。

　　然而，技巧的運用必須得當，否則不僅不能爲詩增美，反而會弄
巧成拙，如《王直方詩話》云：

> 沈存中云，如「廚人具雞黍，稚子摘楊梅。」蓋以「雞」
> 對「楊」，皆爲假借。田承君曰「雞黍兩事，那得似楊梅耶？」
>
> 〔註26〕

蓋「楊」聲同「羊」，故借與「雞」對。雖然，「雞黍」與「楊梅」可
視爲異類對，亦是工整對，但，雞黍是兩事，如何能對楊梅一事？可
見作者只是刻意求對，卻忽略了其內在的意義，這樣的對仗，就對得
有瑕疵，算不得平穩，且句意平淡，無任何深遠涵蘊，如此作對，不
如不作。

　　那麼，什麼樣的「借假對」方爲高妙？《蔡寬夫詩話》云：

> 詩家有假對，本非用意，蓋造語適到，因以用之。若杜子

〔註25〕見宋・孫奕：《知不足齋叢書・履齋示兒編》，頁 6622。
〔註26〕見《宋詩話輯佚・王直方詩話》，頁 26。

美「本無丹竈術，那免白頭翁。」韓退之「眼穿長訝雙魚
斷，耳熱何辭數爵頻！」「丹」對「白」、「爵」對「魚」，
皆偶相值，立意下句，初不在此。〔註27〕

即，最上乘的借對法是「造語適到，因以用之」，必須自然無痕，偶
然相值，才是詩人所讚歎的。但是，自律詩興起，對仗已是人為的產
物，詩人為競逞詩才，刻意而為，自是難免，因此，在求不露雕琢之
餘，另一考量則是「是否能增加詩意的含蘊委婉」，形成詩中不盡之
意了。所以除了上述杜詩的用對為妙外，另如《艇齋詩話》云：

東湖江行見鴈，出一對云「沙邊真見鴈。」有真贋之意。
久之，公自對「雲外醉觀星。」以「醒醉」對「真贋」，極
工。〔註28〕

這是借「星」為「醒」以與「醉」對，借「雁」為「贋」以與「真」
對，皆在本義之外，另含言外之意。且「醉」對的是「醒」的偏旁，
「真」對的是「贋」的偏旁，這種方式，又稱為側對〔註29〕。另外，
「醒」「醉」自成對，「真」「贋」自成對，這在當句中自成對仗的方
式，便是「當句對」。由此可知，這兩句詩運用了「借對」、「側對」
與「當句對」三種技巧，如此繁複的結構，怎麼可能是出於詩人無意
識的本能呢？但是，因為造語自然，所以稱其「極工」。

當句對者，即於一句中自成對偶，謂之當句對。既已自成對偶，
則兩句更不須對也。如陸龜蒙詩云「但說漱流并枕石，不辭蟬腹與龜腸。」
此詩中「漱流」與「枕石」，「蟬腹」與「龜腸」各自成對，故兩句便不
須再對。可是兩句的詞性、句法仍然要相對，這是一種縮短對仗節奏的
方式。與其相反的對仗方法，即是拉長對仗節奏的「扇對格」。

「扇對」又稱「隔句對」，是將原本兩句為一單位的對仗，拉長
為四句。

〔註27〕見宋・胡仔《苕溪漁隱叢話・前集》卷二十三引云，頁 153。
〔註28〕見《艇齋詩話》。
〔註29〕《文鏡秘府論》曰：側對。崔名「字側對」。或曰：字側對者，謂字
　　　　義俱別，形體半同是。如「玉雞」與「瑞雉」是。

苕溪漁隱曰，律詩有扇對格，第一與第三句對，第二與第
四句對，如少陵哭台州鄭司戶蘇少監詩云：「得罪台州去，
時危棄碩儒。移宮蓬閣後，穀貴歿潛夫。」東坡和鬱孤台
詩云：「解后陪車馬，尋芳謝朓州。淒涼望鄉國，得句仲宣
樓。」又唐人絕句亦用此格。如「去年花下流連飲，暖日
天桃鶯亂啼。今日江邊容易別，淡煙衰草馬頻嘶。」之類
是也。〔註30〕

這種第一句對第三句，第二句對第四句的對仗方式，是詩人從森嚴的
格律中，所變化出來的另一種對仗方式，目的是讓刻板的對仗，變得
更活潑、富跳躍性。但是，這種方式卻非「正格」，因為，嚴格地說
起來，在律詩中，這種對仗方式是不合規定的。律詩的條件中，除了
文句要對仗外，句子間的平仄也是重要關鍵，一般而言，對仗除了意
義上的相對，聲音也要考量，相對的兩句詩中，出句的末字與對句的
末字平仄必須相反，一首合格的四韻律詩，其一、三句的末字應為仄
聲，二、四句末字應為平聲，若是一、三句對仗，二、四句對仗，則
不合「律對」的原則，即使是首句入韻的詩，其二、四句對仍不合「律
對」，因此，這種對仗方式，嚴格說來，除非是作者刻意營造，且以
意對為主，並未考慮聲音上的對仗與否，否則，這樣的對仗是不該在
律詩中出現的。〔註31〕

　　不論是「當句對」，抑或是「隔句對」，都是利用改變句子的對仗
位置來形成對偶，以同樣的方法來創造對仗多樣性的尚有「蹉對」、「偷
春格」、「蜂腰格」等。

　　「蹉對」，據《詩人玉屑》記載云：

僧惠洪《冷齋夜話》載，介甫詩云：「春殘葉密花枝少，睡
起茶多酒盞疏。」「多」字當作「親」，世俗傳寫之誤。洪
之意，蓋欲以「少」對「密」，以「疏」對「親」。予作荊

〔註30〕見《苕溪漁隱叢話・前集》卷九，頁55。
〔註31〕東海大學86年中研所畢業陳柏全碩士論文《清代詩話中格律論研究》
　　　　對此有詳細論述，頁108〜110。

> 南教官,與江朝宗匯者同僚,偶論及此,江云:「惠洪多妄
> 誕,殊不曉古人詩格。此一聯以「密」字對「疎」,以「多」
> 字對「少」,正交股用之,所謂蹉對法也。

這種對仗法,是以出句的前半部對對句的後半部,以出句的後半部對
對句的前半部,互相交錯成對,以增加對仗的趣味性,與唐代的「交
絡對」略同,然而「交絡對」是把整句詩分成前後兩部分,分開與對;
「蹉對」卻重在以「字」為對,即,把出句中前半的某字,用與和對
句後半部的某字對;出句中後半部的某字,字與和對句中前半的某
字對。在對仗的技巧而言,「蹉對」已比「交絡對」更精密、細緻了。
與此有異曲同工之妙的另一種對仗方式是將詩句顛倒、離析用之,以
形成對仗,如《詩人玉屑》云:

> 杜子美善於用故事及常語,多離拆或倒其句而用之。蓋如
> 此則語峻而體健,意亦深穩矣。如「露從今夜白,月是故
> 鄉明。」之類是也。樂天工於用對,寄微之詩云:「白頭吟
> 處變,青眼望中穿。」可為佳句,然不若「別來頭併白,
> 相見眼終青。」尤為工也。〔註32〕

這種將句子顛倒用之的目的是要使句子「語峻而體健,意亦深穩」,
但是對仗的位置仍屬正對。

「偷春格」:律詩二、三聯應對仗,但如將第二聯提前到第一聯
先對仗,而第二聯不仗對,則謂之「偷春格」,如釋惠洪《天廚禁臠》
引杜甫《寒食月》詩曰:

> 此杜子美詩也。其法頷聯雖不拘對偶,疑非聲律,然破題
> 引韻已的對矣,謂之「偷春格」。如梅花偷春色而先開也。

杜甫〈寒食月〉一詩中首聯曰:「無家對寒食,有淚如金波」,即是對
偶工整。但頷聯「斫卻月中桂,清光更應多」,卻似不拘對偶。此種
對仗法則為偷春格。

「蜂腰格」,蔡正孫《詩林廣記》曰:

> 《筆談云》詩有蜂腰體。如賈島《下第詩》是也…,蓋頷

〔註32〕見《詩人玉屑》引《塵史》,頁324。

聯亦無對偶，然是十字敘一事，而意貫上二句，又頸聯方

對偶明分，謂之「蜂腰格」，言若已斷而復續也。〔註33〕

賈島〈下第〉詩曰：「下第唯空囊，如何住帝鄉。杏園啼百舌，誰醉
在花傍。淚落故山遠，病來春草長。知音逢豈易，孤草負三湘。」其
中應對仗之頷聯無對偶，頸聯方對偶工整。然頷聯卻是以上、下二句
十字成一完整的意思，即是所謂的「十字對」，且頷聯所述之意，與
首聯相貫通，此即是「蜂腰格」。

律詩中首、尾二聯可對仗亦可不對仗，頷、頸二聯則必須對仗，
這是一般的方式，而「偷春格」與「蜂腰格」即是在一般的制式規格
中，玩些變化。如「偷春格」即是把不須對仗的首聯對仗，而頷聯不
對，彷如梅花在春來前即先偷了春意，悄然開放。此一「偷」字，用
得俏皮又傳神。而「蜂腰格」中的頷聯雖不工整對，卻仍須十字作一
意，此格另稱為「十字格」〔註34〕。而頸聯對仗工整，則頷聯的散起，
頸聯促收，如蜂腰急束，亦名之妥帖，這二者也都是利用改變對仗位
置，來造成變化。

宋人所謂的工整對除上述各類之外，據《詩人玉屑》所載的尚有
「綠樹吟鶯－景物對」、「彩禽入鑑－物對景」、「龍吟雲起－比附對」、
「虎嘯風生－比類對」、「蘭艾同畦－愛憎對」、「鳥獸先知－巢穴對」、
「葛藤相連－疊韻對」、「鄧艾稱名－疊語對」等類，其中除了「疊韻
對」與「疊語對」外，其餘皆是以內容意境為對仗重點，這些並不在
本文的討論範圍，然而，由這些對仗的名稱則可窺知，宋人在對仗上
的注意力已較唐人更深入作品的內在，而不僅僅是侷限於外在的形
式、字句上了。

以上所言的對仗皆指言對部分，在事對方面，宋人亦提出了獨特
的見解，如《艇齋詩話》云：

荊公詩及四六，法度甚嚴。湯進之五丞相嘗云：「經對經，史

〔註33〕見《詩林廣記》上，頁248。
〔註34〕見本節三「宋人古體詩對仗觀」中論「十字格」。

對史，釋氏對釋氏，道家事對道家事。」此説甚然。〔註35〕

又《詩林廣記》載曰：

《石林詩話》云：荊公詩用法甚嚴，尤精於對偶，嘗云：「用漢人語止可以漢人語對，若參以異代語，便不相類。」如「一水護田將綠繞，兩山排闥送青來。」之類，皆漢人語也。此法惟公用之不覺拘窘卑凡，如「周顒宅在阿蘭若，婁約身歸窣堵波。」皆以梵語對梵語，亦此類也。〔註36〕

荊公作詩是效法杜甫，故其對格律的要求是非常嚴格的，甚至連句中的用事、用語都不等閒放過，可是，「經對經、史對史」「漢人語止可對漢人語」如此的要求，卻容易使詩人在寫作時受到很大的限制，且詩文本是在抒發情思的，這麼嚴格的規定，不僅是一般人做不到，且蘇東坡等大家也未必遵守，而王安石自己在寫作時，也不見得將此奉爲皋臬。如《觀林詩話》云：

半山詩有用蔡澤事云：「安排壽考無三甲。」又用退之語對云：「收拾文章有六丁。」東坡詩有用屈原事云：「豈意日斜庚子後。」又用鄭康成夢對曰：「忽驚歲在己辰年。」皆天設對也。〔註37〕

荊公以「安排壽考無三甲」對「收拾文章有六丁」無論是字句、詞性都可謂對得工整、平穩，但是，一用蔡澤事，一用退之語，二者時代並不相當，且一用事，一用語，二者亦不相同，所以並不符合他自己說的原則；東坡詩亦然，用「豈意」對「忽驚」，「庚子後」對「己辰年」都是在文字、意境上相當的對仗，然而一是屈原事，一是鄭康成的夢，二者不論在時代、性質各方面也不同。上二例皆不符王安石所說的「經對經，史對史」「用漢人語止可以漢人語對」的原則，不過，不同時代的人事，卻可巧然成對，並對得貼切自然，彷彿天造地設一般，也就更增加此對仗的技巧性與趣味性，故《觀林》稱其爲「天設

〔註35〕見《百種詩話類編・艇齋詩話》，頁35。
〔註36〕見《詩林廣記》下集，頁404。
〔註37〕見《歷代詩話續編・觀林詩話》，頁120。

對也」，便是讚其工巧，若非老於文學者，不能到也。

可見荊公所標舉的原則並非工整對的必要條件，因為以異代事語相對，仍可達到工整的目的。況且，規定過於嚴苛，屬對過於工巧亦有違自然不露刻痕的最高要求，所以不僅當時的人沒有遵循此法，連荊公在創作時也不曾徹底實踐。

其實，不論是荊公說的「漢人語對漢人語」，或是魏慶之認為對句法，不過以人、事、出處具備為妙。皆可統稱為用典。用典可分事典和語典，用古人事是事典，用古人語是語典，無論是使用事典或語典，先決條件是必須熟悉古代的典籍，如唐代許渾詩曰「高歌懷地肺，賦遠憶天台。」其以「高歌」對「遠賦」，「懷」對「憶」都是明白可知的對，然而，「地肺」對「天台」者，就必須要先瞭解金陵又稱地肺的典故，否則便對不上了〔註38〕，故廣博的學識是事對的首要條件。

宋代除了言對、事對之外，另創了「虛字對」及「俗語對」。如：
「虛字對」

　　「清齋」二字出一卷《惜花》篇。蓬沓，于潛女大銀櫛之名也。「罷亞」二字，稻之態，非稻名也。《登玲瓏山》詩：「翠浪舞翻紅罷亞，白雲穿破碧玲瓏。」又《答任師中家漢公》詩：「百頃稻罷亞，雍容千年儲。」皆用虛字對。〔註39〕

這裡所說的「虛字」，與現代以之、乎、者、也等為虛字之義並不相同，上例以「罷亞」對「玲瓏」為虛字對，其意應是指無實態之物，即抽象的形容詞。

除了「虛字對」外，宋代還有所謂的「俗語對」：

　　侯鯖錄云：「東坡謂世之對偶，如『紅生』『白熟』『手文』『腳色』，二對無復加色。」然予嘗記唐羅虬詩云：「窗前遠岫懸生碧，簾生殘霞挂熟紅。」然則羅虬已用「生碧」對「熟紅」矣。〔註40〕

〔註38〕見《詩人玉屑》，頁169。
〔註39〕《宋人詩話外編・下》，頁1420。
〔註40〕見宋・吳开著，丁福保輯：《歷代詩話續編・優古堂詩話》，頁268。

東坡詩論對偶，以「紅生」對「白熟」，「手文」對「腳色」爲佳妙，此二對與唐羅虬的「生碧」對「熟紅」並不相同。「生碧」「熟紅」是形容假作名詞，是經過修飾的所謂「詩的語言」，是較口語文雅的詞彙，而「紅生」「白熟」則是日常的口語，並未經過人爲的修飾，與「手文」「腳色」一般，皆是俗語成對。用一般人的日常用語，卻可妙然成對，自然穩切，因此東坡要稱其妙得無以復加了。

由上述的討論，我們可知，宋人在對仗的種類上，雖名目並不如唐人般多樣，但對於對仗工整的要求，其細膩程度並不亞於唐人，甚至其所討論的範圍，亦較唐人廣泛，幾乎已是無論字的形、音、義，句式、位置，內容、典故、俗語皆無所不包，無所不論，這是宋人在繼承唐人文風之餘，對詩法的進步又提出更深入、更完備的看法，這也是律詩在宋代又往前更進一步成長的表徵。

二、不工整對 [註41]

詩人作詩運用對仗來表現自己的文才，當然是盡力求其工整平穩，但是過度刻意營造，有時反而會受到限制，造成因文害意，使得詩格變得卑靡，這也是詩人所忌諱的，如東坡作詩，本欲用「青山綠水」對「野草閑花」，但是因此對太過於切的，故改成以「雲山煙水」爲對，宋人以此爲「深知詩病者」。 [註42] 此「青山綠水」對「野草閑花」，不僅句中已自成對偶，且又互相對仗，形成對得太親近，即成宋人所說的「黏皮骨」，是詩病之一。而「青山綠水」與「野草閑花」又是尋常常用之對，所以用以成對則失之俗，又落於平淡，因此東坡寧可將其改以較不常用的「雲山煙水」，這就是詩人刻意避免對仗對得太切的具體表現。正如葛立方《韻語陽秋》云：

〔註41〕對仗的基本原則是以兩句爲一單位，上句對下句，故稱對仗爲「整齊之美」。而此處所說的「不工整」指的是打破對仗中刻板地對仗方式，改以語意爲主，形成外表看似不工整，實仍有對仗的對仗方法。
〔註42〕見《詩人玉屑》引《復齋漫錄》云，頁 135。

　　近時論詩者，皆謂對偶不切則失之粗，太切則失之俗。〔註43〕

又《藏海詩話》亦云：

　　凡詩切對求工，必氣弱。寧對不工，不可使氣弱。〔註44〕

　　詩用對仗的本意是在凝煉字句，使簡短的字句即可將詩人的情思表達完整，若是因對仗的規定，反而造成詩人言之無物，那就與創作的本意相違，是故，有時為求語意的完整，詩人寧可犧牲對仗的工整，也不願意刻捉對，使詩文氣卑弱。如《王直方詩話》云：

　　荊公云：「凡人作詩不可泥於對屬。前歐陽公作泥滑滑云：
　　『畫簾陰陰隔宮燭，禁漏杳杳深千門。』『千』字不可以對
　　『宮』字，若當時作『朱門』，雖可以對，而句力便弱耳。

　　〔註45〕

又如《唐子西文錄》曰：

　　關子東一日辟雍，朔風大作，因得句云：「夜長何時旦，苦
　　寒不成寐。」以問先生云：「『夜長』對『苦寒』，詩律雖有
　　剉對，亦似不穩。」先生云：「正要如此，一似藥中要存性
　　也。」〔註46〕

荊公作詩雖然重視對仗，但是仍言「不可泥於對屬」，如歐陽公之詩「畫簾陰陰隔宮燭，禁漏杳杳深千門」中，幾乎是字字對仗工整，只有「宮」「千」二字不可對，若將「千」改成「朱」則此二句便的對矣，然而此一改，則必使句弱，兩相權宜，仍以文氣為要，所以以不改為善，此即「不泥於對屬」。而關子東之詩，是在辟雍之時，因自身的體會，有感而作，「夜長何時旦，苦寒不成寐」可說是其當時心情的真實寫照，所以雖然此二句極不成對，以致引發疑問，但唐子西仍以為以自然為要，回答「正要如此」，就如同藥中要存其自然之性一般。

　　然而，作詩雖然要避免刻意捉對，若是反過來，一味地避免對屬

〔註43〕見《歷代詩話‧韻語陽秋》卷一，頁293。

〔註44〕見宋‧吳可著，丁福保輯：《歷代詩話續編‧藏海詩話》，頁331。

〔註45〕見《宋詩話輯佚‧王直方詩話》，頁93。

〔註46〕見宋‧強幼安著，河文澳輯：《歷代詩話‧唐子西文錄》，頁265。

工整亦是不佳,如《履齋詩話》記載,杜甫作詩有以二字對一意、二景對一物、實對虛等,皆病於偏枯,以杜甫此等大手筆者雖可,仍未免「白圭之玷」,而後學更不可效尤。〔註47〕而范晞文《對床夜語》亦曰:

> 老杜詩:「兩邊山木合,終日子規啼。」以「終日」對「兩邊」。「不知雲雨散,虛費短長吟。」以「短長」對「雲雨」。「桑麻深雨露,燕雀半生成。」以「生成」對「雨露」。「風物悲遊子,登臨憶侍郎。」以「登臨」對「風物」。句意適然,不覺其為偏枯,然終非法也。柳下惠則可,吾則不可。
> 〔註48〕

總之,詩歌的發源即是本乎自然,因此,不論是工整的對仗,抑或是不工整的對仗,都應以文意為主,技巧次之。過度的要求對仗工整與刻意地避免對屬,都是詩病。故詩人主張以「句意適然」為用對的標準,意至筆隨,自然成對方為對仗的最高境界,否則就會造成文意太俗或偏枯。

此外,唐代所謂「總不對對」之詩,在宋代可有?是的,在宋人論對仗時,也提到了這種「有律詩徹首尾不對者」。據蔡正孫《詩林廣記》、魏慶之《詩人玉屑》引《滄浪詩話》云:

> 有律詩徹首尾不對者:盛唐諸公有此體。如孟浩然詩「掛席東南望,青山水國遙。舳艫爭利涉,來往接風潮。問我今何適?天台訪石橋。坐看霞色晚,疑是石城標。」又「水國無天際」之篇。又李太白「牛渚西江夜」之篇。皆文從字順,音韻鏗鏘,八句皆無對偶。〔註49〕

這種八句全無對仗的詩,我們可以看出其與前述的兩兩相對,或借聲同相對、改變對仗位置相對的詩並不相同,他不只是對得不工整,而是「全無對偶」。可是,其特色卻是仍以二句為單位,用兩個相連的

〔註47〕見《宋人詩話外編·履齋示兒編》,頁1133。
〔註48〕見《歷代詩話續編·對床夜語》卷二,頁420。
〔註49〕見《詩林廣記》頁258。《詩人玉屑》,頁29。

句子來表達一完整的語意，若將其二句拆開，則語意不完全。如孟浩然詩中的「問我今何適」一句，若下不接「天台訪石橋」，則令人不知所云。這種完全跳脫從字句間去尋得對仗的方式即是後人所謂的「流水對」〔註50〕。

　　對於這種二句述一意的詩，宋‧釋惠洪稱其爲「十字句法」〔註51〕：

　　十字句法：「如何青草裏，亦有白頭翁」；「夜來乘好月，信步上西樓」。前對李太白詩，後對司空曙詩。既以言十字對句矣，此又言十字句，何以異哉？曰：「青草裏」不可對「白頭翁」；「夜來」不可對「信步」。以其是一意完全渾成，故謂「十字句」。其法但可於頷聯用之。如於頸聯用之，則當曰「可憐蒼耳子，解伴白頭翁」爲工也。

葛立方亦曰：

　　律詩中間對聯，兩句意甚遠，而中實潛貫者，最爲高作。如介甫示平甫詩云：「家世到今宜有後，士才如此豈無時。」答陳正叔云：「此道未行身有待，古人不見首空回。」魯直答彥和詩云：「天地萬物定貧我，智效一官全爲親。」上叔父夷仲詩云：「萬里書來兒女瘦，十月山行冰雪深。」…如此之類，與規規然在於媲青對白者，相去萬里矣。…〔註52〕

這種從字面上看似不對仗，卻要在兩句合讀時，才能明白其用心的對仗，只有近體詩才有。宋人認爲此種作品才是「高作」。但是，「律詩」畢竟是講求「格律」的，所以這種對仗變體的流水對，宋人規定只能於「頷聯」用之，以免破壞了詩必須對仗的原則。

三、宋詩話中古體詩的對仗觀

　　一般我們在分辨古、近體詩時，多把不講求對仗的詩歸類爲古體詩，但是在宋人的詩話中，他們卻不認爲如此。如《履齋詩話》云：

　　章句始于《詩》，對偶亦始于《詩》，…如「覯閔既多，受

〔註50〕見《詩法入門》。清‧游藝著。
〔註51〕見《天廚禁臠》卷上，頁18～19。
〔註52〕見《歷代詩話‧韻語陽秋》卷一，頁295。

侮不少」；「誨爾諄諄，聽我藐藐」；「發彼小豝，殪此大兕」；「豈不爾受，既其女遷」；「念子懆懆，視我邁邁」之句，無一字非的對。則世之駢四儷六，抽黃對白者，得非又發端于是與？〔註53〕

又如阮閱《詩話總龜》曰：

「天闉象緯逼，雲臥衣裳冷。」世傳古本作「天闉」，今從之。莊子「以管闚天」正用此字。舊集以作「闚」，又或作「關」，今不取。蓋先生詩該眾美者，不僅近體嚴於屬對，至於古風句對者亦然，觀此詩可見矣。近人論詩，多以不必屬對爲高古，何耶？故詳論之，以俟知者焉。〔註54〕

由是知在宋人的觀念中，對仗是從《詩經》時即已有的，而唐人作古體詩時亦重視對仗，只是「晉魏以前對偶之語不爲無之，然出於自然，不期對而自對，非如后人牽強紐合以爲工也」。〔註55〕因爲古體詩的對仗是出於自然，所以不免對得不夠工整，因此後人便以爲寫作古體詩時不必對仗，對於這樣的觀念，阮閱認爲可議，故須「詳論之，以俟知者」。

從上面二例來看，古體詩不須對仗的說法，在宋代是不成立的。所以，我們可以說，在宋人的觀念中，不論是以意對或言對，近體詩，皆須對仗，即便是古體，偶一對仗亦不失其高古也。

第三節　唐、宋詩中使用對仗之異同與影響

對仗從梁·劉勰的「四對」到唐代上官儀的「八對」，其所代表的已不僅是名目的增加，甚至在詩體上也有了相當的不同。而唐代弘法大師所提的「二十九種對」，到了宋詩話中所明列的僅剩五種對仗方式〔註56〕，這其間的差異，就不是詩體改變所造成的，而是觀念的

〔註53〕見《宋人詩話外編·履齋示兒編》，頁 1129。
〔註54〕見《詩話總龜》三，卷之十八引《杜詩正異》云，頁 1225。
〔註55〕見《宋人詩話外編》引《石林詩話》云，頁 1111。
〔註56〕宋詩話中關於對仗的討論大都是零星而片斷的，僅嚴羽《滄浪詩

改變。因此，本節以比較的方式歸納出二者間的差異。並且，從明、清詩話中的對仗論，來探出宋人的對仗觀對後代對仗論的影響，以明詩律對仗流變之大概。

一、唐宋詩中對仗之異同

1. 對仗分類的減少

宋人提到對仗分類時，多以上官儀的「六對」「八對」為論述的對象，對於《文鏡秘府論》中的「二十九種對」卻全然不論。這是因為《文鏡秘府論》的「二十九種對」分類太細，有些對仗方式重覆，或是近於吹毛求疵地求工整，宋人在對詩做整理時，發現詩的對仗是本乎自然，雖因時勢所趨，對仗已成人為的做作，但是過度地求細，反而刻痕太露，失去詩的含蓄特質，因此在分類上採取較寬的原則。但是，並非不再重視細緻的技巧，只是不加以強調。由此可看出，宋人在面對詩的寫作時，其心態已與唐人為建立詩格而積極發展出各種對仗，顯然是不同的；這也是造成唐詩細緻，宋詩質樸不同特色的原因之一。

2. 對仗內容的擴大

唐代是律詩的建立期，對於對仗的探討重心，多放在字句與句式上，少有論及內容的對仗；但是宋詩較重視意境，所以在對仗上也加入了對於內容、情感上的觀照，如「典故對」、「愛憎對」等。宋人除了擴大對仗的內容，也將字句所形成的詞性考慮在內，如「虛字對」。這樣的擴大，使對仗的範圍更縝密、完善，這也是宋詩重內在表現的一個特徵。

3. 創立新方法

宋人除了擴大對仗的範疇，注意詞性的不同，另由創作經驗的累積，把唐代的「交絡對」，這種以改變對仗「位置」的方法，更進一

話》、魏慶之《詩人玉屑》明列了對仗的方式有「十字對」、「十四字對」、「扇對」、「借對」、「蹉對」等五種。

步地要求除「位置」外，並以特定位置的「字」爲對，如介甫詩「春殘葉密花枝少，睡起茶多酒盞疎。」即是以「密」對「疎」，「少」對「多」。並更名爲「蹉對」，這是宋人創作經驗的具體展現，對後代的對仗也大有啓迪。

4. 建立新觀念

唐人說到對仗，並無討論到古體詩；但宋人卻從《詩經》至唐代的作品作一完整的檢討，認爲古體詩仍然有對仗，只是古、近體詩的對仗差異在於「自然與否」，也由這個認知，提出「不可泥於對仗」的主張。這樣的創新，使得「詩」這種文體，得以一直延續下去，而不致於因過度地人爲，以致僵化、衰頹。這是宋人的一大貢獻。另外，在對於以文意爲對的「流水對」上，設立了「於頷聯用之」的限制，使這類的詩不致於失去「詩必須對仗」的原則。

二、由明、清詩話論宋人對仗論之影響

中國古典詩的創作到清代可說已告一段落，因此，這裡將宋詩話中所論的對仗，與明清詩話中的論述作一比較，以明宋人對仗觀對後代之影響。這部份依然分成「承」與「變」兩方面來論述：

（一）承

明、清詩人論對仗，大抵不出宋人範疇，如俞弁《逸老堂詩話》中引《天廚禁臠》論假借格〔註57〕、謝榛《四溟詩話》卷四論的對，干支對及隔句對、〔註58〕楊愼《升菴詩話》卷七也提到「律詩當句對」〔註59〕等。這些都是在宋人詩話中皆已論述了的。此外，在清詩話中有關對仗的論述可歸納成二類：

〔註57〕見明・俞弁：《歷代詩話續編・逸老堂詩話》卷上，木鐸出版，頁1310。明・朱承爵《歷代詩話・存餘堂詩話》，亦論及，藝文，頁506。
〔註58〕見《歷代詩話續編・四溟詩話》卷四，的對，干支對，頁1204。隔句對，頁1208。
〔註59〕見明・楊愼《歷代詩話續編・升菴詩話》卷七，木鐸出版，頁766。

1. 對仗位置論者，清人李光地《律詩四辨》將其分為八格，即：

第一格：八句皆整對

第二格：前六句整，末聯散收

第三格：首聯散起，後六句整

第四格：首聯整起，次聯卻散。此蓋以首聯代次聯，故又名「偷春體」

第五格：第三聯整對，前後六句都散

第六格：第二聯整對，前後六句都散

第七格：一句三句對，二句四句對，亦名「扇對」

第八格：通首無整對，平仄卻合律

若再加上其在此卷卷首即言：

> 律詩之體，首聯、末聯不對而散，中二聯則整對，其大較
> 也。〔註60〕

則應為九格。此九格中，前三格皆包含了最後一種「中二聯整」，也就是對仗的基本格式，故不多論。而第四、五格的「偷春體」「蜂腰體」則是延續宋人的體式分類。

第六格與第五格相似，皆只有一聯對仗，只是第六格無名稱。且除了李氏提出外，並無人論及。第七格是自唐即有的，但李氏所採用的是宋人的稱謂，故亦可視同承襲宋人的觀念。而第八格則是流水對，雖然《文鏡秘府論》中有「總不對對」，但是清人在觀念上仍是取用宋人的「語意渾成」為主，另外也為避免破壞「律詩」的原則，更進一步要求八句必須合平仄。

2. 外再從對仗的分類來看，清人游藝《詩法入門》除了記載了「六對」外，另有：

詩對十三法：

實字對　奇健對　連珠對　虛字對　錯綜對　人物對

鳥獸對　巧變對　懷古對　花木對　流水對　數目對

〔註60〕見清‧李光地：《榕村全書》第十九冊，頁1229。

　　情景對〔註61〕

　　此外又零星地提及「扇對格」、「句中對」、「精巧對」、「交股對」、「借韻對」、「就句對」等若干條目。其中「六對」是採用唐・上官儀的說法。而在其他的對仗分類中，他們分爲詞性、內容、用典、及方法等方面，可看出清人受宋人影響之跡：

　（1）對仗中雖已有根據對仗的內容分爲同類和異類等，但是卻無以字句所形成的詞性分類，直至宋人提出以抽象的形容詞爲「虛字對」後，後人才開始注意這方面的對仗，清人並將其更細分爲「虛字對」、「實字對」等，其源流是來自宋人。

　（2）內容：宋人在「借對」上，將範圍擴大到借聲同爲對、借名爲對。這「名」包含了種種異類對，如借人名與獸名、連綿數字與連綿字等，這類的對仗雖也出現在唐人的作品中，卻是在宋代才被重視，且在詩話中提出討論，這樣寬的對仗觀也影響清人，而有了「鳥獸對」、「花木對」、「數字對」等。

　（3）用典：唐人對仗中之用典，多以言對爲主，幾乎不涉及事對，而宋人卻提出用典對仗的觀念，清人也承襲這方面的觀念，提出「懷古對」。

　（4）對仗方式：這所說的對仗方式與前言對仗位置大致相同，不論是「當句對」、「扇對」都是自唐即有，但是「交錯對」，卻可說是宋人的發明。「交錯對」就是宋人所謂的「蹉對」，這是前人不曾論及，至宋代才被提出來討論，而清人受宋人影響，將其保留下來，改稱「交錯對」。

（二）變

　　如上所言，明清時代的對仗大多不出宋人範圍，其中部份的對仗

〔註61〕見《詩法入門》。清・游藝著，新文豐，頁 16，20～24。

方式，清詩話中有些論述較宋人更詳備的，如冒春榮《葚原詩說》提
到了對仗的變格，曰：

> 律詩以對仗工穩爲正格。有前兩聯不相屬對者，有起聯對
> 而次聯用流水句者，謂之換柱對；有以有第三句對首句，
> 第四句對次句者，謂之開門對。爲類頗多。故略舉之。有
> 全首俱對者，老杜多此體；有全首俱不對者，太白多此體，
> 皆屬變格，或間出而用之。〔註62〕

其實，上面所說的「開門對」就是隔句對的形式，只是清人再予其不
同的名稱。此外，《葚原詩說》中亦將當句對稱爲「四柱對」；蹉對稱
爲「犄角對」〔註63〕，可知清代對仗中與宋人不同的，也只是名稱的
改變，內容仍相同的。

第四節　小　結

　　從整個對仗的流變來看，對仗從最早無意識的自然成對，到齊梁
時的刻意爲之，對仗的本意已隨時代的演變而改變。唐人爲建立詩
格，在對仗上巧立各種名目，以求完備。而宋人在面對前人的創作上，
提出了檢討的改進，把太過刻意、有傷自然的名目去除，改從詩本身
的內在出發，將對仗的範疇規劃得更周延，這可說是宋代詩人的進步
和貢獻。這樣的觀念也深深地影響了後代的詩人。

　　從明、清人的對仗，我們可以發現，對仗的形式已逐漸地減化，
所有藉由對仗來逞才競巧的方法，都已被淘汰。只保留了一些具有技
巧性的對仗法。然而，對於詩內在的觀照卻更爲周詳，種種藉由詞性、
內容、意境的對仗方式已受到重視，且以追求自然意對爲最高標的，
這是文人擺脫外在形式的束縛，轉向內心自覺的一種表現，也是詩對
仗的一大成功。

　　因此，我們在論律詩的對仗時，與其說對仗的規範在唐朝建立，

〔註62〕見清・冒春榮《清詩話續編・葚原詩說》，藝文，頁1574。
〔註63〕「四柱對」、「犄角對」見同上，頁1575。

倒不如說宋代詩人在歸結前人作品的同時，經由自身的經驗，爲律詩的對仗指出一條正確且進步的道路，從而建立起新的對仗觀，這樣的說法應該較爲正確允當。

第五章　結　論

　　律詩的創作，其所代表的意義是詩歌的成熟。由於詩人對於「詩」這種文體已有了相當的掌握，因而將種種的限制帶入詩中，一方面使詩文的優劣有判別的依據；另一方面可增加作詩的難度，以磨鍊詩人的文才，並加強詩歌的精緻性，所以我們說這是詩歌高度發展後，邁向成熟的表現。

　　宋代詩人在沿續唐人以格律詩為詩歌創作的主要路線的同時，也積極地想在律詩中走出屬於自己的風格，因此，他們不斷地從前人的作品中去研究、探討，並因應時勢發展的需要，創立了「詩話」的文體。雖然最早的《六一詩話》並非以詩評或詩論為創作目的，然而，經由宋人後續的努力，終為後代詩人建立起詩話體的論詩模式，使之成為我國詩學批評的固定體式，可說在文學批評史上貢獻良多。

　　當然，創新的原動力是來自於學習與摹倣，所以，宋人在求新求變的過程中，也免不了出現蹈前人矩步的情況，在這一收一放間，也就產生了進步和缺失。以下，我將綜合上面各篇章的總結，作一論述：

一、聲　律

　　一首好的詩，應包含了情文與聲文，利用聲律的講究以達聲情合一，是聲律的最高指標。宋人在四聲、清濁之外，又將字音的發音部

位列入考慮，使聲律在詩中表現得更精緻、準確，也將聲律的運用範圍更加擴大，這些都是良好的積極表現。

但是，律詩之所以稱爲律詩，就是因爲其有一定的規定體式，宋人爲了破除聲律的限制，又多方地尋求變體詩律，其中雖有特出之處，不過，也不乏詩人逞才競巧之作，但聲律的重點是「和諧」，如果爲了不落俗套而特意雕琢，那就失去了聲律的本義，也就造成宋詩枯澀的弊病。

二、韻　律

韻腳是詩歌的節奏點，本出於自然的要求，但自從韻書產生後，詩人用韻便受到侷限。當然，韻書的製作，是有其正面的意義，它可使詩韻有依據，不再南音北韻地各說各話，然而，押韻過度地依賴韻書，也易造成詩與實際語言產生隔閡的缺點，宋代就是如此。宋禮部製《廣韻》爲士子用韻的標準，嚴格地規定不可出韻，的確對詩人的創作形成極大的束縛，所以，宋人便積極地在前人律詩中找尋其他的押韻方法，並逐一提出以爲定式，這些用韻的方法在後代終獲肯定，成爲韻律的詩格，這是經由宋人的努力所得到的成就。

此外，宋人忌重韻的觀念也影響了後代，使詩重韻成爲詩病的一種。

三、對　仗

對仗可說是宋人影響後人最大的一部份。對仗原本是中國語文中一個自然的現象，它的發展也和聲律、韻律一樣，皆由最早的無意爲之，進至人爲的刻意。而文人的作品也由於對仗的日漸工巧，而更形精煉。

近體詩興起時，唐人爲建立詩格，巧創各種對仗方式以求完備；宋人卻由中發現其逞巧之不足取，遂刪除了繁複的名目，改從詩文內在去探求，使對仗的方式不論是從外在的形式、技巧，或是內在的含

蘊上，都有了更上一層的提昇，也帶領後代詩人能更加重視詩的內在含蘊。而且，也由於對仗的觀點由外在深入內裡，故對仗的形式不僅沒有減少，反而更全面化了。

四、小　結

宋人論詩，多說「活法」、「點化」，劉攽《中山詩話》〔註1〕、《詩人玉屑》〔註2〕等，也似乎全是主張以心中真實情思為詩文的主要操縱者。而且，在我檢閱宋人詩話時，發現真正談論詩律的論述似乎並不太多。

其實，我們從上面的各章結論中便可得知，宋人因為特重詩律，既然人人都重詩律，所以詩話反而談論得少，事實上，作詩之道，可說千途萬徑。詩的本質是在抒寫人心、人情。所有外加的規範，只不過是要盡力使詩達到盡善盡美的地步，因此，所有的「法」，皆應以「心法」為依歸，也就是說，「心法」和「律法」之間，是有其主從關係的。因此詩人才會想要以種種的方法力求突破。

雖然宋人仍無法在自然的「心法」中，達到和「律法」相結合的境界，然而，宋人的努力是可以肯定的，並且，由於宋人的這番努力，詩律也有了與唐律不盡相同的發展，則其成果是不可抹滅的。

〔註1〕見宋・劉攽著，何文煥編：《歷代詩話・中山詩話》云：「詩以意為主，文詞次之。」頁170。
〔註2〕見宋・魏慶之：《詩人玉屑》云：「魏文帝曰：『文以意為主，以氣為輔，以詞為衛。』」，頁124。

參考書目舉要

一、詩　話

（一）宋　代

1. 《歸田錄》，歐陽修，宋人詩話外編本，國際文化出版公司，民國85年3月第一版。

2. 《東齋記事》，范鎮，宋人詩話外編本，國際文化出版公司，民國85年3月第一版。

3. 《倦遊雜錄》，張師正，宋人詩話外編本，國際文化出版公司，民國85年3月第一版。

4. 《談淵》，王陶，宋人詩話外編本，國際文化出版公司，民國85年3月第一版。

5. 《夢溪筆談》，沈括，宋人詩話外編本，國際文化出版公司，民國85年3月第一版。

6. 《澠水燕談錄》，王辟之，宋人詩話外編本，國際文化出版公司，民國85年3月第一版。

7. 《青瑣高議》，劉斧，宋人詩話外編本，國際文化出版公司，民國85年3月第一版。

8. 《青廂雜記》，吳處厚，宋人詩話外編本，國際文化出版公司，民國85年3月第一版。

9. 《麈史》，王得臣，宋人詩話外編本，國際文化出版公司，民國85年3月第一版。

10. 《仇池筆記》，蘇軾，宋人詩話外編本，國際文化出版公司，民國85年3月第一版。

11. 《東坡志林》，蘇軾，宋人詩話外編本，國際文化出版公司，民國85年3月第一版。

12. 《湘山野錄》，釋文瑩，宋人詩話外編本，國際文化出版公司，民國85年3月第一版。

13. 《東軒筆錄》，魏泰，宋人詩話外編本，國際文化出版公司，民國85年3月第一版。

14. 《明道雜志》，張未，宋人詩話外編本，國際文化出版公司，民國85年3月第一版。

15. 《邵氏聞見錄》，邵伯溫，宋人詩話外編本，國際文化出版公司，民國85年3月第一版。

16. 《晁氏客語》，晁說之，宋人詩話外編本，國際文化出版公司，民國85年3月第一版。

17. 《師友談記》，李廌，宋人詩話外編本，國際文化出版公司，民國85年3月第一版。

18. 《陵陽先生室中語》，韓駒、范季隨，宋人詩話外編本，國際文化出版公司，民國85年3月第一版。

19. 《靖康湘素雜記》，黃朝英，宋人詩話外編本，國際文化出版公司，民國85年3月第一版。

20. 《避暑錄話》，葉夢得，宋人詩話外編本，國際文化出版公司，民國85年3月第一版。

21. 《玉澗雜詩》，葉夢得，宋人詩話外編本，國際文化出版公司，民國85年3月第一版。

22. 《春渚紀聞》，何薳，宋人詩話外編本，國際文化出版公司，民國85年3月第一版。

23. 《枏掃編》，徐度，宋人詩話外編本，國際文化出版公司，民國85年3月第一版。

24. 《遯齋閒覽》，陳正敏，宋人詩話外編本，國際文化出版公司，民國85年3月第一版。

25. 《雞肋編》，庄綽，宋人詩話外編本，國際文化出版公司，民國85年3月第一版。

26. 《邵氏聞見後錄》，邵博，宋人詩話外編本，國際文化出版公司，民國85年3月第一版。

27. 《東觀餘論》，黃伯思，宋人詩話外編本，國際文化出版公司，民

國 85 年 3 月第一版。

28. 《道山清話》，王襃，宋人詩話外編本，國際文化出版公司，民國
85 年 3 月第一版。

29. 《懶眞子》，馬永卿，宋人詩話外編本，國際文化出版公司，民國
85 年 3 月第一版。

30. 《北窗炙輠》，施德操，宋人詩話外編本，國際文化出版公司，民
國 85 年 3 月第一版。

31. 《猗覺寮雜記》，朱翌，宋人詩話外編本，國際文化出版公司，民
國 85 年 3 月第一版。

32. 《捫虱新話》，陳善，宋人詩話外編本，國際文化出版公司，民國
85 年 3 月第一版。

33. 《西溪叢語》，姚寬，宋人詩話外編本，國際文化出版公司，民國
85 年 3 月第一版。

34. 《學林》，王觀國，宋人詩話外編本，國際文化出版公司，民國 85
年 3 月第一版。

35. 《墨齋漫錄》，張邦基，宋人詩話外編本，國際文化出版公司，民
國 85 年 3 月第一版。

36. 《曲洧舊聞》，朱弁，宋人詩話外編本，國際文化出版公司，民國
85 年 3 月第一版。

37. 《續骫骳說》，朱弁，宋人詩話外編本，國際文化出版公司，民國
85 年 3 月第一版。

38. 《萍洲可談》，朱彧，宋人詩話外編本，國際文化出版公司，民國
85 年 3 月第一版。

39. 《晦庵詩說》，朱熹，宋人詩話外編本，國際文化出版公司，民國
85 年 3 月第一版。

40. 《朱子語類》，朱熹、黎靖德，宋人詩話外編本，國際文化出版公
司，民國 85 年 3 月第一版。

41. 《步里客談》，陳長方，宋人詩話外編本，國際文化出版公司，民
國 85 年 3 月第一版。

42. 《墨記》，王銍，宋人詩話外編本，國際文化出版公司，民國 85 年
3 月第一版。

43. 《獨醒雜志》，曹敏行，宋人詩話外編本，國際文化出版公司，民
國 85 年 3 月第一版。

44. 《甕牖閒評》，袁文，宋人詩話外編本，國際文化出版公司，民國
85 年 3 月第一版。

45. 《能改齋漫錄》，吳曾，宋人詩話外編本，國際文化出版公司，民國 85 年 3 月第一版。

46. 《考古編》，程大昌，宋人詩話外編本，國際文化出版公司，民國 85 年 3 月第一版。

47. 《演繁錄》，程大昌，宋人詩話外編本，國際文化出版公司，民國 85 年 3 月第一版。

48. 《芥隱筆記》，龔頤正，宋人詩話外編本，國際文化出版公司，民國 85 年 3 月第一版。

49. 《清波雜志》，周煇，宋人詩話外編本，國際文化出版公司，民國 85 年 3 月第一版。

50. 《楓窗小牘》，袁褧，宋人詩話外編本，國際文化出版公司，民國 85 年 3 月第一版。

51. 《揮麈錄》，王明清，宋人詩話外編本，國際文化出版公司，民國 85 年 3 月第一版。

52. 《雲谷雜記》，張淏，宋人詩話外編本，國際文化出版公司，民國 85 年 3 月第一版。

53. 《稿簡贅筆》，章淵，宋人詩話外編本，國際文化出版公司，民國 85 年 3 月第一版。

54. 《螢雪叢說》，俞成，宋人詩話外編本，國際文化出版公司，民國 85 年 3 月第一版。

55. 《雲麓漫鈔》，趙彥衛，宋人詩話外編本，國際文化出版公司，民國 85 年 3 月第一版。

56. 《學習記言序目》，葉適，宋人詩話外編本，國際文化出版公司，民國 85 年 3 月第一版。

57. 《野客叢書》，王楙，宋人詩話外編本，國際文化出版公司，民國 85 年 3 月第一版。

58. 《梁溪漫志》，費袞，宋人詩話外編本，國際文化出版公司，民國 85 年 3 月第一版。

59. 《蘆浦筆記》，劉昌詩，宋人詩話外編本，國際文化出版公司，民國 85 年 3 月第一版。

60. 《游宦紀聞》，張世南，宋人詩話外編本，國際文化出版公司，民國 85 年 3 月第一版。

61. 《西塘集耆舊續聞》，陳鵠，宋人詩話外編本，國際文化出版公司，民國 85 年 3 月第一版。

62. 《潁川語小》，陳叔方，宋人詩話外編本，國際文化出版公司，民

國 85 年 3 月第一版。

63. 《考古質疑》，葉大慶，宋人詩話外編本，國際文化出版公司，民國 85 年 3 月第一版。

64. 《吹劍錄》，俞文豹，宋人詩話外編本，國際文化出版公司，民國 85 年 3 月第一版。

65. 《賓退錄》，趙與時，宋人詩話外編本，國際文化出版公司，民國 85 年 3 月第一版。

66. 《荊溪林下偶談》，吳子良，宋人詩話外編本，國際文化出版公司，民國 85 年 3 月第一版。

67. 《學齋占筆》，史繩祖，宋人詩話外編本，國際文化出版公司，民國 85 年 3 月第一版。

68. 《腳氣集》，車若水，宋人詩話外編本，國際文化出版公司，民國 85 年 3 月第一版。

69. 《藏一話腴》，陳郁，宋人詩話外編本，國際文化出版公司，民國 85 年 3 月第一版。

70. 《黃氏日鈔》，黃震，宋人詩話外編本，國際文化出版公司，民國 85 年 3 月第一版。

71. 《困學紀聞》，王應麟，宋人詩話外編本，國際文化出版公司，民國 85 年 3 月第一版。

72. 《齊東野語》，周密，宋人詩話外編本，國際文化出版公司，民國 85 年 3 月第一版。

73. 《癸辛雜識》，周密，宋人詩話外編本，國際文化出版公司，民國 85 年 3 月第一版。

74. 《浩然齋雅談》，周密，宋人詩話外編本，國際文化出版公司，民國 85 年 3 月第一版。

75. 《浩然齋視聽鈔》，周密，宋人詩話外編本，國際文化出版公司，民國 85 年 3 月第一版。

76. 《愛日齋叢說》，葉寘，宋人詩話外編本，國際文化出版公司，民國 85 年 3 月第一版。

77. 《隨隱漫錄》，陳世崇，宋人詩話外編本，國際文化出版公司，民國 85 年 3 月第一版。

78. 《書齋夜話》，俞琰，宋人詩話外編本，國際文化出版公司，民國 85 年 3 月第一版。

79. 《席上腐談》，俞琰，宋人詩話外編本，國際文化出版公司，民國 85 年 3 月第一版。

80. 《視聽鈔》，吳莘，宋人詩話外編本，國際文化出版公司，民國 85 年 3 月第一版。

81. 《碧湖雜記》，蔡案之，宋人詩話外編本，國際文化出版公司，民國 85 年 3 月第一版。

82. 《談藪》，瘦竹翁，宋人詩話外編本，國際文化出版公司，民國 85 年 3 月第一版。

83. 《詩論》，釋普聞，宋人詩話外編本，國際文化出版公司，民國 85 年 3 月第一版。

84. 《退齋雅聞錄》，侯延慶，宋人詩話外編本，國際文化出版公司，民國 85 年 3 月第一版。

85. 《豹隱紀談》，周遵道，宋人詩話外編本，國際文化出版公司，民國 85 年 3 月第一版。

86. 《瑞桂堂暇錄》，佚名，宋人詩話外編本，國際文化出版公司，民國 85 年 3 月第一版。

87. 《詩人玉屑》，魏慶之，世界書局，民國 81 年 9 月六版。

88. 《六一詩話》，歐陽修，歷代詩話本，藝文印書館，民國 80 年 9 月五版。

89. 《溫公續詩話》，司馬光，歷代詩話本，藝文印書館，民國 80 年 9 月五版。

90. 《中山詩話》，劉攽，歷代詩話本，藝文印書館，民國 80 年 9 月五版。

91. 《后山詩話》，陳師道，歷代詩話本，藝文印書館，民國 80 年 9 月五版。

92. 《臨漢隱居詩話》，魏泰，歷代詩話本，藝文印書館，民國 80 年 9 月五版。

93. 《唐子西文錄》，唐庚，歷代詩話本，藝文印書館，民國 80 年 9 月五版。

94. 《石林詩話》，葉夢得，歷代詩話本，藝文印書館，民國 80 年 9 月五版。

95. 《彥周詩話》，許顗，歷代詩話本，藝文印書館，民國 80 年 9 月五版。

96. 《紫微詩話》，呂本中，歷代詩話本，藝文印書館，民國 80 年 9 月五版。

97. 《竹坡詩話》，周紫芝，歷代詩話本，藝文印書館，民國 80 年 9 月五版。

98. 《珊瑚鉤詩話》，張表臣，歷代詩話本，藝文印書館，民國 80 年 9 月五版。

99. 《韻語陽秋》，葛立方，歷代詩話本，藝文印書館，民國 80 年 9 月五版。

100. 《二老堂詩話》，周必大，歷代詩話本，藝文印書館，民國 80 年 9 月五版。

101. 《白石道人詩說》，姜夔，歷代詩話本，藝文印書館，民國 80 年 9 月五版。

102. 《全唐詩話》，佚名（尤袤），歷代詩話本，藝文印書館，民國 80 年 9 月五版。

103. 《優古堂詩話》，吳开（毛开），歷代詩話續編本，木鐸出版，民國 77 年 7 月。

104. 《藏海詩話》，吳可，歷代詩話續編本，木鐸出版，民國 77 年 7 月。

105. 《觀林詩話》，吳聿，歷代詩話續編本，木鐸出版，民國 77 年 7 月。

106. 《碧溪詩話》，黃徹，歷代詩話續編本，木鐸出版，民國 77 年 7 月。

107. 《歲寒堂詩話》，張戒，歷代詩話續編本，木鐸出版，民國 77 年 7 月。

108. 《艇齋詩話》，曾季貍，歷代詩話續編本，木鐸出版，民國 77 年 7 月。

109. 《庚溪詩話》，陳岩肖，歷代詩話續編本，木鐸出版，民國 77 年 7 月。

110. 《誠齋詩話》，楊萬里，歷代詩話續編本，木鐸出版，民國 77 年 7 月。

111. 《杜工部草堂詩話》，蔡夢弼，歷代詩話續編本，木鐸出版，民國 77 年 7 月。

112. 《江西詩派小序》，劉克莊，歷代詩話續編本，木鐸出版，民國 77 年 7 月。

113. 《娛書堂詩話》，趙與虤，歷代詩話續編本，木鐸出版，民國 77 年 7 月。

114. 《對床夜語》，范晞文，歷代詩話續編本，木鐸出版，民國 77 年 7 月。

115. 《風月堂詩話》，朱弁，四庫全書本，世界書局，民國 77 年。

116. 《弇陽詩話》，周密，四庫全書本，世界書局，民國 77 年。

117. 《唐詩紀事》，計有功著，上海汲古閣出版社，民國 76 年 7 月新一

版。

118. 《滄浪詩話校釋》，嚴羽著，郭紹虞校釋，里仁書局，民國 76 年 4 月 1 日初版。

119. 《金針詩格》，佚名，詩學指南本，廣文書局，民國 76 年 3 月再版。

120. 《侯鯖詩話》，趙令畤，稗海本，大化書局，民國 74 年 2 月初版。

121. 《老學庵詩話》，陸游，稗海本，大化書局，民國 74 年 2 月初版。

122. 《竹莊詩話》，何汶，北京中華書局，民國 73 年 5 月第一版。

123. 《冷齋夜話》，釋惠洪，增補津逮秘書本，中文出版社，民國 69 年。

124. 《苕溪漁隱叢話》，胡仔，世界書局，民國 65 年 2 月三版。

125. 《詩話總龜》，阮閱，廣文書局，民國 62 年 9 月初版。

126. 《詩林廣記》，蔡正孫，廣文書局，民國 62 年 9 月初版。

127. 《玉壺詩話》，釋文瑩，廣文書局，民國 62 年。

128. 《詩病病五事》，蘇轍，廣文書局，民國 62 年。

129. 《環溪詩話》，吳沆，廣文書局，民國 62 年。

130. 《容齋詩話》，洪邁，廣文書局，民國 62 年。

131. 《吳氏詩話》，吳子良，廣文書局，民國 62 年。

132. 《后村詩話》，劉克莊，廣文書局，民國 62 年。

133. 《深雪偶談》，方岳，廣文書局，民國 62 年。

134. 《詩讞》，周紫芝，廣文書局，民國 62 年。

135. 《金玉詩話》，闕名，廣文書局，民國 62 年。

136. 《詩談》，闕名，廣文書局，民國 62 年。

137. 《東坡詩話》，蘇軾，廣文書局，民國 62 年。

138. 《古今詩話》，李頎，宋詩話輯佚本，文史哲出版社，民國 61 年 4 月再版。

139. 《王直方詩話》，王直方，宋詩話輯佚本，文史哲出版社，民國 61 年 4 月再版。

140. 《西清詩話》，蔡絛，宋詩話輯佚本，文史哲出版社，民國 61 年 4 月再版。

141. 《陳輔之詩話》，陳輔，宋詩話輯佚本，文史哲出版社，民國 61 年 4 月再版。

142. 《潛溪詩眼》，范溫，宋詩話輯佚本，文史哲出版社，民國 61 年 4 月再版。

143. 《蔡寬夫詩話》，蔡肇，宋詩話輯佚本，文史哲出版社，民國 61 年

4 月再版。

144. 《詩史》，蔡居厚，宋詩話輯佚本，文史哲出版社，民國 61 年 4 月再版。

145. 《漫叟詩話》，佚名，宋詩話輯佚本，文史哲出版社，民國 61 年 4 月再版。

146. 《藝苑雌黃》，嚴有翼，宋詩話輯佚本，文史哲出版社，民國 61 年 4 月再版。

147. 《童蒙詩訓》，呂本中，宋詩話輯佚本，文史哲出版社，民國 61 年 4 月再版。

148. 《詩學規範》，張鎡，宋詩話輯佚本，文史哲出版社，民國 61 年 4 月再版。

149. 《玉林詩話》，黃升，宋詩話輯佚本，文史哲出版社，民國 61 年 4 月再版。

150. 《紀詩》，佚名，宋詩話輯佚本，文史哲出版社，民國 61 年 4 月再版。

151. 《詩事》，佚名，宋詩話輯佚本，文史哲出版社，民國 61 年 4 月再版。

152. 《閑居詩話》，佚名，宋詩話輯佚本，文史哲出版社，民國 61 年 4 月再版。

153. 《三蓮詩話》，員逢原，宋詩話輯佚本，文史哲出版社，民國 61 年 4 月再版。

154. 《李希聲詩話》，李錞，宋詩話輯佚本，文史哲出版社，民國 61 年 4 月再版。

155. 《洪駒父詩話》，洪當，宋詩話輯佚本，文史哲出版社，民國 61 年 4 月再版。

156. 《潘子眞詩話》，潘淳，宋詩話輯佚本，文史哲出版社，民國 61 年 4 月再版。

157. 《松江詩話》，周知和，宋詩話輯佚本，文史哲出版社，民國 61 年 4 月再版。

158. 《垂虹詩話》，周知和，宋詩話輯佚本，文史哲出版社，民國 61 年 4 月再版。

159. 《詩說雋永》，佚名，宋詩話輯佚本，文史哲出版社，民國 61 年 4 月再版。

160. 《漢臯詩話》，張某，宋詩話輯佚本，文史哲出版社，民國 61 年 4 月再版。

161. 《桐江詩話》，佚名，宋詩話輯佚本，文史哲出版社，民國 61 年 4 月再版。

162. 《高齋詩話》，曾慥，宋詩話輯佚本，文史哲出版社，民國 61 年 4 月再版。

163. 《胡氏評詩》，胡某，宋詩話輯佚本，文史哲出版社，民國 61 年 4 月再版。

164. 《茅齋詩話》，趙舜欽，宋詩話輯佚本，文史哲出版社，民國 61 年 4 月再版。

165. 《藜藿野人詩話》，佚名，宋詩話輯佚本，文史哲出版社，民國 61 年 4 月再版。

166. 《休齋詩話》，陳知柔，宋詩話輯佚本，文史哲出版社，民國 61 年 4 月再版。

167. 《唐宋詩話》，佚名，宋詩話輯佚本，文史哲出版社，民國 61 年 4 月再版。

168. 《栗齋詩話》，佚名，宋詩話輯佚本，文史哲出版社，民國 61 年 4 月再版。

169. 《瑤谿集》，郭思，宋詩話輯佚本，文史哲出版社，民國 61 年 4 月再版。

170. 《潛夫詩話》，劉炎，宋詩話輯佚本，文史哲出版社，民國 61 年 4 月再版。

171. 《詩憲》，佚名，宋詩話輯佚本，文史哲出版社，民國 61 年 4 月再版。

172. 《雪溪詩話》，佚名，宋詩話輯佚本，文史哲出版社，民國 61 年 4 月再版。

173. 《履齋詩話》，孫奕，知不足齋叢書，興中書局，民國 53 年。

174. 《天廚禁臠》，釋惠洪，台灣大學圖書館特藏中文善文（日本寬文十年銅駝坊長尾平兵衛刊本）。

（二）明　代

1. 《談藝錄》，徐禎卿，歷代詩話本，藝文印書館，80 年 9 月五版。

2. 《藝圃擷餘》，王世懋，歷代詩話本，藝文印書館，80 年 9 月五版。

3. 《存餘堂詩話》，朱承爵，歷代詩話本，藝文印書館，80 年 9 月五版。

4. 《夷白齋詩話》，顧元慶，歷代詩話本，藝文印書館，80 年 9 月五版。

5. 《升菴詩話》，楊慎，歷代詩話續編本，木鐸出版，77 年 7 月。

6. 《藝苑巵言》，王世貞，歷代詩話續編本，木鐸出版，77 年 7 月。

7. 《國雅品》，顧起綸，歷代詩話續編本，木鐸出版，77 年 7 月。

8. 《四溟詩話》，謝榛，歷代詩話續編本，木鐸出版，77 年 7 月。

9. 《歸田詩話》，瞿佑，歷代詩話續編本，木鐸出版，77 年 7 月。

10. 《逸老堂詩話》，俞弁，歷代詩話續編本，木鐸出版，77 年 7 月。

11. 《南濠詩話》，都穆，歷代詩話續編本，木鐸出版，77 年 7 月。

12. 《麓堂詩話》，李東陽，歷代詩話續編本，木鐸出版，77 年 7 月。

13. 《詩鏡總論》，陸時雍，歷代詩話續編本，木鐸出版，77 年 7 月。

（三）清　代

1. 《清詩話續編》，郭紹虞編選，木鐸出版社，72 年。

2. 《清詩話》，丁福保輯，藝文印書館，66 年。

二、專論著作

1. 《中國詩律學》，葉桂桐，文律出版社，87 年 1 月一刷。

2. 《近體詩創作理論》，許清雲，洪葉文化印行，86 年 9 月初版一刷。

3. 《古典詩的形式結構》，張夢機，駝峰出版社，86 年 7 月初版一刷。

4. 《宋詩史》，許總，重慶出版社，86 年 7 月第一版第二次印刷。

5. 《宋代詩學通論》，周裕鍇，巴蜀書社，86 年 1 月第一版。

6. 《詩學理論與詮釋》，張簡坤明，駱駝出版社印行，84 年元月一版一刷。

7. 《中國詩話史》，蔡鎮楚，湖南文藝出版社，83 年 10 月第二次印刷。

8. 《漢語詩歌的節奏》，陳本益，文津出版社，83 年 8 月初版。

9. 《文心雕龍注釋》，梁‧劉勰著，周振甫注釋，里仁書局，83 年 7 月 15 日再版。

10. 《詩論》，朱光潛，萬卷樓出版社，82 年 10 月初版二刷。

11. 《近體詩的理論和作法》，羅載光，復文圖書出版社，82 年 10 月初版一刷。

12. 《詩話概說》，劉德重、張寅彭，學海出版社，82 年初版。

13. 《文鏡秘府論校注》，（日）弘法大師著，王利器校注，貫雅文化，80 年 12 月初版。

14. 《詩詞曲的研究》，中國文化復興運動推行委員會，民國 80 年 2 月

初版。

15. 《歷朝詩話析探》，龔顯宗，復文圖書出版社，民國 79 年 7 月初版。

16. 《王力先生文集》，王力，山東教育出版社，民國 79 年 6 月第一版。

17. 《中國文學批評史》，羅根澤，學海出版社，民國 79 年 2 月再版。

18. 《詩話續探》，龔顯宗，復文圖書出版社，民國 78 年 7 月再版。

19. 《中國文學批評史》，郭紹虞，藍燈文化事業，民國 77 年 10 月初版。

20. 《近體詩析微》，蔡添錦，新文燈出版公司印行，民國 77 年 5 月台一版。

21. 《詩學指南》，清，顧龍振編輯，廣文書局，民國 76 年 3 月再版。

22. 《唐宋詩舉要》，高步瀛，學海出版社，民國 75 年 8 月再版。

23. 《宋金元文學批評史》，顧易生、王運熙主編，上海古籍出版社，民國 75 年 6 月一版。

24. 《漢語詩律學》，王力，宏業書局，民國 74 年 3 月初版。

25. 《中國詩話史》，吉川幸次郎，明文書局，民國 72 年 4 月初版。

26. 《宋詩話考》，郭紹虞，漢京文化事業，民國 72 年 1 月初版。

27. 《詩文聲律論稿》，啟功，明文書局印行，民國 71 年 10 月初版。

28. 《中國韻文史》，澤田總清原著，王鶴儀編譯，臺灣商務印書館，民國 67 年 1 月臺三版。

29. 《宋詩概說》，吉川幸次郎原著，鄭清茂譯，聯經出版社，民國 66 年 4 月初版。

30. 《近體詩發凡》，張夢機，台灣中華書局，民國 64 年 8 月二版。

31. 《百種詩話類編上、下》，臺靜農編，藝文印書館，民國 63 年 5 月初版。

32. 《詩體釋例》，胡才甫，台灣中華書局，民國 18 年 5 月台三版。

33. 《古體論、律詩論、絕句論》，洪爲法，洪氏出版社。

34. 《清詩話的格律論研究》，陳柏全，民國 86 年東海大學碩士論文。

35. 《永明聲律說研究》，林哲庸，民國 86 年清華大學碩士論文。

36. 《詩話論風格》，陳文華，民國 86 年台灣師範大學博士論文。

37. 《詩話「結構式批評」研究》，張雅端，民國 84 年中央大學碩士論文。

38. 《宋初詩風體派發展之研究》，劉明宗，民國 82 年高雄師範大學博士論文。

39. 《五言近體詩格律形成研究》林繼柏，民國 82 年東海大學碩士論文。

40. 《論宋代詩話源流》，鄭如玲，民國 81 年輔仁大學碩士論文。

41. 《初盛唐五言近體詩聲律研究》，涂淑敏，民國 80 年東海大學碩士論文。

42. 《宋代唐詩學》，蔡瑜，民國 79 年台灣大學博士論文。

43. 《「唐詩」、「宋詩」之爭研究》，戴文和，民國 78 年中央大學碩士論文。

44. 《宋代詩話的詩法研究》，郭玉雯，民國 78 年台灣大學博士論文。

45. 《葛立方韻語陽秋詩論研究》，孫秀玲，民國 78 年東吳大學碩士論文。

46. 《宋代論詩詩研究》，周益忠，民國 77 年台灣師範大學博士論文。

47. 《律詩格律與文字對偶互動關係之研究》，徐秋珍，民國 74 年台灣大學博士論文。

48. 《唐代近體詩用韻之研究》，耿志堅，民國 72 年政治大學博士論文。

49. 《宋代近體詩用韻之研究》，耿志堅，民國 67 年政治大學碩士論文。

三、期刊論文

1. 〈近體詩「首句借鄰韻說」商榷〉，李立信，第四屆唐代學術文化研討會發表論文，87 年成功大學。

2. 〈談唐詩發展的歷史軌跡〉，莊文賢，菁莪季刊，87 年 7 月。

3. 〈語言的詩性底蘊〉，張士甫，臺灣的詩學季刊，87 年 6 月。

4. 〈王力漢語詩律學商榷〉，李立信，《「山鳥下聽事，簷花落酒中」—唐代文學論叢》，國中中正大學中國文學系，87 年 6 月初版。

5. 〈《詩人玉屑》與《滄浪詩話》之關係〉，蕭淳鏵，中華文化月刊，87 年 4 月。

6. 〈亟待搶救的民族文化遺產－詩詞吟誦音樂〉，秦德祥，中國文化月刊，87 年 4 月。

7. 〈如何記憶體近體詩的平仄律〉，魏聰祺，國教輔導，87 年 6 月。

8. 〈近體詩「孤平」雜說〉，何文匯，中國文化研究所學報，87 年。

9. 〈中國詩學理論「點」的起步－〈詩話概說〉〔劉德重、張寅彭著〕評介〉，黃美華，中國文化月刊，86 年 10 月。

10. 〈論「詩」是什麼？〉，方祖燊，中國現代文學理論，86 年 9 月。

11. 〈論中國詩的音樂性〉，方祖燊，中國現代文學理論，86 年 6 月。

12. 〈從杜甫、韓愈到宋詩的形成：文學史的構成〉，龔鵬程，歷史月刊，86 年 6 月。

13. 〈淺談江西詩派的形成和特色〉，黃雅莉，中華文化月刊，86 年 6 月。

14. 〈詩話作而詩亡─一個詩學觀念的分析〉，黃如焄，雲林工專學報，86 年 6 月。

15. 〈漠漠水田飛白鷺，陰陰夏木囀黃鸝─王維取用了李嘉的詩句嗎？〉，江國貞，國文天地，86 年 3 月。

16. 〈詩歌：多層次的語言結構系統〉，周聖弘，乾坤詩刊，86 年 1 月。

17. 〈宋詩形成背景及特色探詩〉，林桂芳，育達學報，85 年 12 月。

18. 〈論中國古典詩歌律化過程的概念背景〉，蕭馳，中國文哲研究集刊，85 年 9 月。

19. 〈「詩歌之審美與結構」序〉，黃坤堯，中國語文，85 年 9 月。

20. 〈詩的批評與欣賞〉，陳啓佑，中國現代文學理論，85 年 9 月。

21. 〈談倒三救在近體詩中拗律的妙用〉，陳貴麟，國文天地，85 年 9 月。

22. 〈近代宋詩派的詩體論〉，吳淑鈿，中國古代、近代文學研究，85 年第八期。

23. 〈古同今異─談詩韻與國音〉，董季棠，中國語文，85 年 7 月。

24. 〈詩詞曲用韻初探〉，蔡夢珍，國文學報，85 年 6 月。

25. 〈宋初詩話與《世說新語》的關係〉，李栖，高雄師大學報，85 年 4 月。

26. 〈北宋梅歐的平淡詩論及其實踐〉，黃美鈴，中國學術年刊，85 年 3 月。

27. 〈談古今詩的格律形式〉，林政華，國立臺北師院圖書館館訊，85 年 2 月。

28. 〈做格律詩的老兄〉，蔣金樂，東海，84 年第十期。

29. 〈嚴羽「滄浪詩話」詩論試詮〉，陳俊龍，輔大中研所學刊，84 年 9 月。

30. 〈"詩律聲色"《中國古代文學的純形式美論》〉，祈志祥，中國古代、近代文學研究，84 年第六期。

31. 〈唐人近體詩句法之倒裝〉，許青雲，東吳中文學報，84 年 5 月。

32. 〈唐宋詩主體精神之比較〉，陳忻，重慶師院學報（哲學社會科學

版）季刊，84 年第四期，總第六十四期。

33. 〈略論宋詩議論化理趣化〉，朱靖華，中國古代、近代文學研究，84 年第一期。

34. 〈古典詩歌高峰之後的宋詩質變〉，吳河清，河南大學學報，84 年第一期，總第一四二期。

35. 〈淺談近體詩的格律〉，何澤恆，錢穆先生紀念館館刊，83 年月。

36. 〈嚴羽詩論試探〉，王淳美，南臺工商專校學報，83 年 3 月。

37. 〈歷史與邏輯的統一…《宋詩史》〉，周裕鍇，中國社會科學，雙月刊，82 年第五期。

38. 〈宋詩的複雅崇格傾向〉，秦寰明，中國社會科學，雙月刊，82 年第四期，總第八十二期。

39. 〈格律、詩歌形式美的核心內容〉，劉方澤，東岳論叢，82 年第二期，總第七十九期。

40. 〈中國詩話與唐宋詩研究〉，蔡鎮楚，中國古代、近代文學研究，82 年第二期。

41. 〈近體詩用字的鍛鍊與要求〉，許青雲，東吳中文系刊，82 年。

42. 〈近體詩律之一端〉，魏仲佑，東海中文學報，81 年 8 月。

43. 〈宋代禪學與詩話二題〔雲門宗與葉夢得「石林詩話」、臨濟宗與嚴羽「滄浪詩話」〕〉，張佰偉，中國文化，81 年 9 月。

44. 〈宋代詩家呂本中之詩論〉，歐陽炯，國立編譯館館刊，81 年 6 月。

45. 〈由唐宋近體詩用韻看「止」攝字〉，耿志堅，彰化師範大學學報，81 年 6 月。

46. 〈宋詩與化俗為雅〉，張高評，國立編譯館館刊，81 年 6 月。

47. 〈宋詩特色之自覺與形成〉張高評，漢學研究，81 年 6 月。

48. 〈晚唐及唐末五代近體詩用韻考〉，耿志堅，彰化師範大學學報，80 年 6 月。

49. 〈由唐宋近體詩看陽聲韻 n、ŋ、m（臻、山、梗、曾、深、咸六攝）韻尾間的混用通轉問題〉，耿志堅，靜宜人文學報，80 年 6 月。

50. 〈宋代入聲的喉塞音韻尾〉，竺家寧，淡江學報，80 年 1 月。

51. 〈絕句多元說〉，方師鐸，東海中文學報，79 年 7 月。

52. 〈淺談「平水（舊）韻」與中華新韻－兼論首句押（平）式「七絕」的格律（上）〉，施東方，銀月刊，78 年 11 月。

53. 〈淺談「平水（舊）韻」與中華新韻－兼論首句押（平）式「七絕」的格律（下）〉，施東方，銀月刊，78 年 11 月。

54. 〈從「宋詩研究論著類目」「宋詩論文選輯」看宋詩研究的方法和趨向〉，張高評，中國書目季刊，78 年 9 月。

55. 〈中西詩歌的格律〉，高明，中外雜誌，78 年 1 月。

56. 〈有關「永明聲律說」的幾段歷史〉，王靖婷，東海中文學報，77 年 7 月。

57. 〈王力上古漢語聲調說述評〉，林清源，東海中文學報，76 年 7 月。

58. 〈試淺析唐宋詩之區別〉，林覺中，東方雜誌，76 年 12 月。

59. 〈舊體詩的體製規律及其原理〉，曾永義，國文天地，75 年 7、8 月。

60. 〈談近體詩的聲調節奏〉，朱正茂，國文天地第三期 74 年 8 月。

61. 〈中國詩律研究〉，鍾蓮英，藝術學報第三十七期，74 年 6 月。

62. 〈中國詩學〉，劉若愚，獅文化期刊部，民國 74 年。

63. 〈宋代詩歌的藝術特點和教訓〉，王水照，〈唐宋文學論集〉，齊魯書社出版，73 年 7 月第一版。

64. 〈五律三論〉，童鷹九，嘉義師專學報第十二期，71 年 5 月。

65. 〈中國詩何以走上律的路〉，朱孟實，〈中國文學史論文集〉（二）67 年 5 月。

66. 〈唐人五言律詩格律的研究〉，席涵靜，復興崗學報，第十六期，66 年。

67. 〈中國舊詩每句字數與其快感價之關係〉，楊國樞，大學生活，七卷四期，50 年 7 月。

68. 〈詩歌與節奏〉，高明，〈學粹〉一卷一期，47 年 12 月。

69. 〈從唐詩之變到宋詩風貌的形成〉，吳河清，古典文學知識第二期，總第六十五期。

附錄：宋代詩話的格律論資料索引一覽表

北宋九代（西元 960～1127）；南宋九代（西元 1127～1279）（依時代先後順序排列）

詩 話 名	作 者	時 代	聲 律	韻 律	對 仗
楊文公談苑	楊 億	974－1020		外編 P55	
六一詩話	歐陽修	1007－1072	歷代 P157		
中山詩話	劉 攽	1022－1088	歷代 P172，178		
夢溪筆談	沈存中	1031－1095	外編 P89，稗海 P1026	外編 P89，稗海 P1022，1026	外編 P89，稗海 P1026
塵 史	王得臣	1036－1116	外編 P151		
東坡詩話	蘇 軾	1037－1101	P148		P145
潛溪詩眼	范 溫	范祖禹（1041－1098）之子		輯佚 P397，410	
侯鯖詩話	趙令時	1051－1134			外編 P233，稗海 P2329
邵氏聞見後錄	邵 博	1056－1134	外編 P362	編 P361	外編 P357，359，361
王直方詩話	王直方	1069－1109	輯佚 P72	輯佚 P54	輯佚 P26，69，93
唐子西文錄	強幼安	1069－1120			歷代 P265
玉澗雜記	葉夢得	1077－1148		外編 P313	
石林詩話	葉少蘊	1077－1148	歷代 P244，246，249，251，258，百種 P300		歷代 P240，252

詩 話 名	作 者	時 代	聲 律	韻 律	對 仗
竹坡詩話	周紫芝	P1082－1155	歷代 P202，203		
風月堂詩話	朱弁	1085－1144		四庫 P1479－15	
詩話總龜	阮閱	元豐八年（1085）進士	P140，276，600，639，641，642，643，648，1131，1332	P1020，1156，1314，1315，1320	P983，1225，1320
西清詩話	葉夢	成書於 1086－1094 稍後	輯佚 P322，326	輯佚 P348，368	
金玉詩話	闕名（舊題葉夢）	1086－1094 稍後		P464	
潘子眞詩話	潘淳	紹聖元年（1094）進士	輯佚 P372	輯佚 P372	
靖康緗素雜記	黃朝英	紹聖年間（1094－1097）中舉	外編 P297	外編 P279，297	
優古堂詩話	吳幵	紹聖四年（1097）中宏詞科	歷代續 P229 百種 P243，295	歷代續 P251	百種 P32 歷代續 P257，268
猗覺寮雜記	朱翌	1097－1167		外編 P405，407	
臨漢隱居詩話	魏泰	1102－1110			歷代 P194
西溪叢語	姚寬	1105－1162			外編 P440，441
天廚禁臠	釋惠洪	1107－1110	P7，17，43	P38，45，46，47，50	P3，4，5，6，9，10，11
環溪詩話	吳沆	1116－1172	P37		P81
蔡寬夫詩話	蔡肇	？－1119	輯佚 P1，4，12		輯佚 P1
學 林	王觀國	政和九年（1119）進士	外編 P491	外編 P477，481，489	外編 P481，485
瓮牖閑評	袁文	1119－1190	外編 P581，595	外編 P583，594，597，598	
演繁錄	程大昌	1123－1195		外編 P776	
容齋詩說	洪邁	1123－1202	P113	P11，94 外編 P843	P59

詩　話　名	作　者	時　代	聲　律	韻　律	對　仗
老杜詩評	方深道	宣和六年（1124）進士	四庫 P685，686，688，694	四庫 P688，700，702，711	四庫 P688
藏海詩話	吳可	宣和末（1124－1173）前後	歷代續 P328，329		歷代續 P329，330，331，332，335，340
老學庵筆記	陸游	1125－1210	外編 P901，稗海 P1538，1565		
漢皐詩話	張某	北宋末南宋初（1126－1167）	輯佚 416		
松江詩話	周知和	北宋末南宋初（1126－1167）		輯佚 P140	
二老堂詩話	周必大	1126－1204		歷代 P430，434，435	歷代 P436
清波雜志	周輝	1126－？		外編 P915	
古今詩話	李頎	1127－1130		輯佚 P285	
藝苑雌黃	嚴有翼	南渡（1127）前後	輯佚 P222	輯佚 P233	輯佚 P219
誠齋詩話	楊萬里	1127－1206	歷代續 P159		
彥周詩話	許顗	序於建炎二年（1128）六月			歷代 P226
漫叟詩話	佚名	南渡前後，建炎中（1128－1130）	輯佚 P441		輯佚 P439
朱子語類	朱熹　黎靖德	1130－1200	外編 P984	外編 P976，977，998	外編 P976，977
觀林詩話	吳聿	南宋初，紹興（1131－1162）前後	歷代續 P130	歷代續 P114，127，128	歷代續 P118，119，120，125，127
雞肋編	庄綽	南北宋間，事記至紹興九年（1139）		外編 P335	
珊瑚鉤詩話	張表臣	南北宋間，紹興十二年（1142）皆爲官	歷代 P271，278，285 百種 P298	歷代 P273，285	

詩 話 名	作 者	時 代	聲 律	韻 律	對 仗
碧溪詩話	黃 徹	紹興年間（1145）進士	歷代續 P358		
茗溪漁隱叢話	胡 仔	1148－1167	P1，10，9，47，48，92，98，138，317，318，365，478，512	P9，109，110，111，112，211，257，329，515，616，675	P1，4，50，55，108，153，207，540，589，596，748，1122
艇齋詩話	曾季貍	成書於紹興二十五年（1150）前後	P12，94 百種 P303	P48，69，95	百種 P35，37，66，67，69
學習記言序目	葉 適	1150－1223		外編 P1049	
韻語陽秋	葛立方	？－1164	歷代 P295，299，311，314	歷代 P299，314，328	歷代 P292，293，294，295，298，319
野客叢書	王 楙	1151－1213	外編 P1058，1088，1091	外編 P1058，1095	外編 1061，1084，1088，1111，1122
能改齋漫錄	吳 曾	成書於1154－1157間	外編 P752	外編 P700	外編 P602，606
白石道人詩說	姜 夔	1155－1221			歷代 P439
螢雪叢說	俞 成	1160 － 1200 前後			外編 P1026
庚溪詩話	陳巖肖	1174－1189	歷代續 P182		
賓退錄	趙與時	1175－1231		外編 P1266	
後村詩話	劉克莊	1187－1296		P9	
梁溪曼志	費 袞	成書於紹熙三年（1192）	外編 P1163		外編 P1160
滄浪詩話	嚴 羽	1192－1245	P71，100，200	P71，193，201 百種 P192	P71，116
杜工部草堂詩話	蔡夢弼	跋於嘉泰三年（1203）	歷代續 P201，208，210，212	歷代續 P204，213	歷代續 P198，199，213
履齋詩說	孫奕	卷首有開禧元年（1205）所作的序	知不足齋 P6627，6632，6631 外編 P1134		知不足齋 P6626，外編 P1129，1133
竹莊詩話	何汶	開熙二年（1206）成書	P9，82，122，129，373，435，439，447	P320，446	P82，137，168，371
黃氏日鈔	黃 震	1212－1280			外編 P1420

詩　話　名	作　者	時　代	聲　律	韻　律	對　仗
西塘集耆舊續聞	陳　鵠	成書於嘉定八年（1215）	外編 P1186，1187		
困學紀聞	王應麟	1223－1296	外編 P1434，1444	外編 P1441	
浩然齋雅談	周　密	1232－1298	外編 P1509		
全唐詩話	尤　袤	1234－1271	歷代 P44，78，89，百種 P657	歷代 P114	
吹劍錄	俞文豹	淳祐年間（1241－1252）仍在世	外編 P1228，1235		外編 P1236
詩人玉屑	魏慶之	序於淳祐四年（1244）	P28，29，30，33，34，35，37，38，40，41，42，135，139，144，145，172，173，174，234，236，265，375	P28，29，30，36，39，40，108，121，127，143，159，161，162，270	P30，41，108，109，135，159，160，164，165，166，167，168，169，170，171，173，342
藏一話腴	陳　郁	理宗（1248－1275）			外編 P1370
學齋占筆	史繩祖	序於淳祐十年（1250）	外編 P1348		
鶴林玉露	羅大經	成書於 1252	外編 P1319，稗海 P2197，2242		稗海 P2185，2224
對床夜語	范晞文	景定三年（1262）前完成	歷代續 P418，419	歷代續 P409	歷代續 P409，419，420
詩林廣記	蔡正孫	成書於至元二十六年（1289）宋亡十年後	P89，90，99，154，164，188，190，348，484，640，671	P539，576，706，707	P248，257，258，273，404，648
栗齋詩話	佚　名	生卒年不詳			輯佚 P173
詩　談	闕　名	生卒年不詳		P1053	